加油！我的家

힘내라! 우리 가족

Cheer up! My Family

[韩] 刘平昌 著
千太阳 译

中国财政经济出版社

图书在版编目（CIP）数据

加油！我的家/（韩）刘平昌著；千太阳译.—北京：中国财政经济出版社，2009.4

书名原文：Cheer Up！My Family

ISBN 978-7-5095-1284-5

Ⅰ.加… Ⅱ.①刘…②千… Ⅲ.长篇小说-韩国-现代 Ⅳ.I312.645

中国版本图书馆CIP数据核字（2009）第027938号

责任编辑：张从发　　责任校对：颜燕

封面设计：东方利丰　　内文设计：黄薇

著作权合同登记号　图字：17-2009-001

中国财政经济出版社出版

URL:http://www.cfeph.com

E-mail:cfeph@drc.gov.cn

社址：北京海淀区阜成路甲28号　邮政编码：100142

营销中心电话：010-88190406　销售电话：027-88071749　88324307

武汉市楚风印刷有限公司印刷　湖北南财文化发展有限公司经销

880×1230毫米　32开　8印张　180千字

2009年5月第1版　2009年5月第1次印刷　定价：26.00元

ISBN 978-7-5095-1284-5/I·0012

（图书出现印装问题，本社负责调换）

本社质量投诉电话：010-88190744

LOVE at HOME

目录

LOVE at HOME

序言

写给广大淳朴家庭的希望理财

笔者曾于银行任职11年，同时具有5年保险公司工作经历，所接触的顾客可谓不计其数。在从事财产管理咨询师、生活顾问、财务协调员等职位期间，无论是否出于自愿，我均必须深入地了解他们的人生，时而兴奋、时而痛苦地与他们共同分享喜悦与泪水。在难以计数的财务咨询业务中，有一个疑问始终盘绕在我的心头："为什么他们一直梦想着经济自由，但是却连较为充裕的投资资本都无法保证呢？"

在面对类似只能依靠微薄薪金度日的上班族等平民阶层时，这种感受愈加强烈。他们所憧憬的根本不是成为亿万富豪，而仅仅是希望能够争取到维持一家人平安度日的财富而已，即俗称的"经济上的自由"。他们对待工作的态度比任何人都要认真，也能够尽心竭力地积累节省钱财，并且可以谦逊地依照他人的指导全心理财。可是，他们心目中的经济自由却依然显得遥不可及。虽然他们已经竭尽全力，但是却连微薄的本金也难以置办起来。而且，即便是已经积攒下足够的资本，他们也往往会因为错误地选择了投资时机或投资项目，导致自己血本无归。

通过与他们的近距离接触，笔者也为这种残酷的现实而深感惋惜不已。产生这种问题的根源究竟在何处？为什么会形成这种恶性循环？本书正是出于这种深深的惋惜与疑问而正式面世的。

近期，大部分人已经通过各种方式参与到理财之中。他们不仅在年初时根据自身目标树立理财计划，而且还会认真地从网络中搜集相关信息，并且经常前往银行、证券公司了解相关信息或咨询金融顾问，倘若该人较为勤快，甚至会前去参加法院拍卖或对所拍卖的地皮进行实地考察。但是，往往几次无足轻重的失败便极有可能致使他们裹足不前，从此对生活失去信心，变得意志消沉。有时，他们又会因为始终未曾收获可喜成果而变得意兴索然，不复激情。不过，一旦听闻某人收获颇丰、某人于某处购置新房、某人在地产投资中卷金而归时，他们便会大发无名之火、甚至会因此咒骂，又或出于自卑心理顿作垂头丧气状。

据我了解，人们不但拥有渴望成为富豪的欲望，同时对于那些富豪也存在着扭曲的嫉妒及敌对心理。

就这些人而言，他们所面临的最大危机并非来自目前自身的经济窘迫，而在于对各类风险毫无防范意识。事实上，他们的人生如履薄冰，危险时刻与之相随。例如，当一位家人忽然身患重病时，那么该家庭将再无积蓄可言，甚至会因此跌至社会的最底层。他们对于金钱哲学以及投资知识的了解严重不足，因此根本无法谈及如何在经济方面为应对未来做好准备。笔者认为，在他们的世界中，此危机已然兵至关前。

“为什么他们一直梦想着经济自由，但是却连较为充裕的投资资本都无法保证呢？”今天，出于十数年的金融行业工作经验，敝人终于得以窥见此问题的冰山一角，而这也正是我下定决心撰写本书的原因所在。

理财绝对不是那种存在于彩虹彼岸的“彩票数字猜猜猜”。如同执著于占卜师的占卜一般，盲目相信所谓高手的介绍，跟随他们购买那些所谓的高收益产品，绝非正确的理财之道。虽然数年前“十亿旋风”①的影响已经明显减弱，

①“十亿旋风”，即人人都以赚取10亿为目标的风气或热潮。

但是直至今日尚有许多人依然对金钱抱有不实幻想。

在此，笔者谨望本书可以打破人们心目中对于金钱的不实幻想，使每个人都能够充分认识到“金钱可以成为通往幸福之门的诸多垫脚石之一，但是它绝对不能替代幸福本身”。笔者坚信，只有将人们心中对于金钱所抱有的不实幻想彻底消除，“我”及我的家人才能够正确选择通向幸福深处的理财之道。此外，敝人也愿意相信此书能够在一定程度上为读者带来相应的帮助及裨益。

本书乃为众多淳朴的“家人”撰写而生，书中通过对主人公千东基代理的家庭描述，着力刻画一种虽不崇高但却异常珍贵的“一个家庭的梦想”。为了生活的延续、为了那不足称道的薪金，众多上班族每天都要强支睡眼挣扎着从睡梦中爬起，拥入“价廉物美”的公共交通工具。本着为他们朴实而又美丽的幸福规划提供实际帮助的初衷，笔者在书中插写了诸多贴近现实的小故事。当然，几乎人所共有的失败以及它所造成的惨痛教训也是书中必不可少的一笔，例如盲目投资股票、好友“赐予”的连带保证款、对于彩票的幻想、不适合自己的兼职等等。

此外，笔者在主人公妻子这一形象上也泼洒了大量笔墨，致力于向读者揭示“大嫂的力量”。因为她正是我们这个社会更加和谐、幸福的希望。我相信，当读及她隐瞒丈夫坚持记家庭账簿，竭力节省家庭开支时，任何人都会为之深受感动。虽然丈夫的性格宛如堂·吉诃德一般，但是她依然能够给予丈夫足够的信赖，积极支持丈夫的提议，宽容地对待丈夫的过错……她的这种形象，似乎唯有“美丽”一词方足以形容。

同时，主人公的好友许世万也一定会带给读者们极大的触动，他的教训足以为人们拉响警报。虽然他的财富以及家庭境况非常傲人，但是却因为对身体健康不加重视最终身患重病，甚至将积存半生的钱财均耗用于此。作为一家之主，许世万直至临终前才发现自己竟然连最后的责任也无法承担。通过他的悲剧，笔者要向读者朋友们提出警醒——人生诸事，身体为本。

主人公的直属上司——高相斗课长也在书中占据了一定的分量。他虽因吝啬过头而不为同事们所待见，但是在理财方面却较任何人都能够提早迈出适合自己的一步。在临近退休时，他已然为自身退路预设好一切铺垫，从而成功实现了经济上的自由。可以说，他是本书着力塑造的一位经济人形象。

此外，在家庭理财方面，身为某保险公司财务协调员的尹以贞女士为主人公量身打造了极佳的理财方案，从而帮助他达成了心目中的经济目标。她能够在制订理财方案时设身处地地为千东基代理着想，拟订最为适宜当前状况的实施方针，协助千代理奔向梦想的终点，这一点尤为难能可贵。可以说，她不仅仅是一位合格的财务协调员，而且足可称作是一位能够促进家庭美满的幸福协调员。

可以断言，相敬如宾、爱意浓浓的家庭生活是任何人都为之憧憬的一种幸福，而金钱则可以有效地缩短迈向这一幸福的距离。因此笔者认为，在一个家庭中，只要全部家庭成员均能够保持身心康健，并加之不懈的努力借以达到普通民众乃至中产阶层所具有的基本经济水平，如此，幸福必然触手可及。而本书也在着力论证这一观点。可想而知，若能集自由的灵魂、健康体魄以及善良天性于一体，这样的家庭无疑是幸福的。

事实上，在我们身边，这样的幸福之家并不少见。

登场人物

登场人物简介 1——千东基的一家

千东基

大方物资公司总务部代理，乐观且情感丰富的人物。因性格过于单纯、行事率性，进而四面碰壁、八方树敌。不过他具有堂·吉诃德式的性格，无论遭遇过怎样的挫折，只要平复期一过，他便又开始着手新一轮的尝试。当然，等待他的也许依然是失败！

出于上述原因，他的金融之旅注定遍布荆棘。

秋长美

千东基之妻，集智慧、贤惠于一身的女人。虽然嫁给千东基这样的丈夫，但是她依然甘当贤内助的角色，同时秉持着坚强的意志逐步完成了“我们家的十年大计”。虽然，她为家庭作出的巨大贡献偶尔也会产生反面效应，但是在改正丈夫缺点方面却发挥出了不可小觑的作用。

千真

千东基的女儿，名副其实的纯真少女。因早期便开始接受经济教育的缘故，她深知金钱的重要性，从而养成了勤俭节约的美德。她钟爱美术，并在父母细心关怀下努力规划着自己阳光般灿烂的未来。

登场人物介绍 2——其它相关人物

高相斗课长

千东基代理的上司，一个分毫不出的吝啬鬼。出众的理财术及冷静、合理的管理方式使他作为千东基代理的金融教师兼人生导师亦显绰绰有余。

许世万

千东基的大学同学，生就富豪之家，自幼不识愁滋味，典型的势利之徒。因其过分势利的秉性，身边几乎毫无朋友可言。千东基自大学时代开始便一直拥有极高的人气，因此许世万在他面前总是会格外彰显富豪姿态。

金代理

千东基代理的同事，在性格、兴趣以及人生观方面与千代理颇为相似,是故二人格外投机。

部长

千东基代理的上司，对于工作一丝不苟的他，同时也是一位牢骚满腹、乐于插手他人事务的“长官”,对于那些看不顺眼的职员,他绝对不会手下留情。

千东基的父母

一对性格淳朴、人情味极浓的老人，目前尚在农村务农。

千东基的岳母

一位性格和善的老人，愿意理解他人，是千代理一家不可或缺的重要援军。不仅能够包容并包庇女婿的错误，而且十分钟情于为工作繁忙的女儿看护外孙女。

尹以贞

财务协调员，为千东基代理调节并管理他的财务状况。在千东基代理遭遇财务危机时，她能够加以细致亲切的支援，帮助其成功完成自己的“人生规划”。

此外，携手登场的还有千代理的其他同事以及大学同学。

chapter 1

被破坏的彩票联盟与随之而去的春天

“他人的不幸就是我的幸福。不，应该说是幸福的源泉。”

在这阳光明媚的春天，大方物资总务部所迎接的正是与此话相辅相成的诸多好事。首先光临的当属他人的不幸。

下午两点时分，千东基代理未能战胜并驾齐来的春困症与食困症，坐在办公室中打起了瞌睡。直至额头碰触到电脑键盘的那一刻，他才猛然惊醒，慢慢地睁开惺忪的双眼。千东基代理睡醒以后的首要事务就是如乌龟一般伸长脖子，观察隔离板对面的情形。还好!部长大人正安静地坐在自己的办公室中。看到此景，千代理不由得长舒一口气。部长大人所奉行的原则是“只有万事从严的上司才能塑造出能力出众的员工”，因此一旦被他发现有人在上班时间打瞌睡，那么无异于被宣判了死刑。

“竟然在神圣的工作时间里打瞌睡?要不然立刻提交辞职报告，回到家中好好休息一下，你认为我的建议如何？”

想象着部长严厉、郑重的威胁及指责，千代理无法自制地打了个寒战，目光随即转向面前的电脑屏幕。就在此刻，他注视着电脑屏幕的双眼久久未能移开。屏幕上所显示的是物品购买意向书，只是其中一栏已然扩充了许多，可想而知，必然是刚刚瞌睡时不小心按住了数字键。

21000000000000000000000000000000000000000000000000000
0000000000000000000000000000000000000000

千代理略感赧然，抬起他那根肇事手指用力擦了擦额头上的汗水。倘若是这一价位，即便是将全国的银行通通打劫一空，肯定也无法订购下来。随即，他费力地清除掉多余的 88 个 0，然后在价格一栏重新填写上 21 000，便摇着头踱步走出办公室。

两名总务部职员正在大堂中闲聊，千代理从自动贩卖机中取出咖啡，自然而然地加入到他们的谈话中。虽然名为谈话，但是所提及的无非是一些琐事，只是为了在身体慵懒、睡意频频的春天，通过这种方式有效地驱赶不断袭来的瞌睡虫而已。此时，外出办事的金代理恰巧由外而入，当发现他们以后随之趋步走来。

“我有一个大新闻！请先拿一杯咖啡给我。”

一口咖啡喝下，金代理便娓娓将所谓的大新闻道了出来。不过这绝不是什么好消息，而应称之为一种不幸，今天，他的会晤对象——对方公司社长向其透漏，当然，对方也只是听闻而已，据传前年刚由“大方物资”离退的前任总务部长将全部退休金拿去投资，如今已然面临身无分文的境地。

“他似乎是因为过于相信朋友的建议，结果反而使自己赔得一无所有。你们也清楚他的性格吧？他为人太过善良，也太易相信别人，对于他人几乎就没有产生过怀疑。而且，面对别人的请求他一直也是来者不拒的！”

“这真是一个坏消息，其实他的确可以称得上是一位好人呢。”

“钱这东西绝不会因为你个性善良，就选择紧紧跟随于你！”

“感觉就如同发生在自己身上的事情一样！其实所有的上班族都是大同小异的，全力以赴地为公司工作，但是一生所倾注的忠诚最终却只能换回一点微薄的退休金而已，往往一次失误便可以使这数十年的努力全部葬送于他人之手。”

众人不禁为前任部长的不幸遭遇感到痛惜不已，这不仅仅是出于对老上司的好感及尊重，还源于他们因同为上班族而产生出的同病相怜之感。霎时间，众人纷纷开口自嘲“我们只是为国税厅服务的玻璃钱包”、“无非是为企业主服务的仆人而已”、“我们就是为了妻儿服务的赚钱机器”……不知何人忽然说了一句“几时会有一笔巨额财富从天而降呢？”这句突如其来的话语瞬间激发了千东基代理的灵感。

“我们共同组织一个彩票联盟如何?就是合伙购买彩票的那种。”

“绝妙的主意！我无条件赞成！”

“非常好！我没有任何意见。”

“算我一个！”

几乎所有人全部不假思索地认同了千代理的提议，并且共同商定再向其他同事发出加入邀请。如此一来，一方面有益于提高中奖概率，另一方面也可发扬“有福同享”的民族精神，堪称一箭双雕。

但是，对于部长则必须要做到高度保密。倘若部长有所察觉，他的反应可想而知，必然与“将儿媳的手纸抢去烧火”的恶婆婆不相上下。当然，部长同时一定会说“我决不允许任何污言秽语亵渎神圣的工作氛围！”

“不过，高课长那边该怎样处理？”

高课长指的是高相斗课长，他是公司中颇为出名的吝啬鬼。至今为止，整个公司尚未有一人能够叨扰到他的酒饭。但是，只要有人向其提出私人请求，那么无论对象是谁，则必须以饭菜、酒或是咖啡来加以报答。因此，除了业务接触以外，几乎没有人愿意去接近他。

不过也只是限于不愿接近而已，其实众人对他还是颇为关心的，因此，他的名字时常会被大家所提及。而此时众人议论的焦点是：既然高课长平时这般吝啬，身上必然会存有不少富余钱财，只是不清楚他是否会对这种既存在损失小额钱财风险，也有可能因此暴富的双向机会产生兴趣？

“难以预料，不过还是向他知会一声为好！暂且如此，我们还是先回到办公室吧，免得部长大人又要生气。”

各就各位以后，千代理寻找机会就此逐一征求其他同事的意见，最终他们的彩票联盟发展为六名成员。次长及一位女职员也许是担心被部长发现，所以加入联盟的意向并不积极，而课长权当没有听闻此事。

千代理携带成员们交付的 6 万韩币①以及各自希望购买的号码，下班以后直接前往彩票销售中心购买彩票。次日，他又将收据复印件递交到每个成员手中。恰逢星期六是休息日，于是周五晚间，他们相聚酒馆举办了一个“预祝

---

① 按照 2009 年 3 月的汇率标准，6 万韩币约为 265 元人民币。

购中头奖"的酒宴。

虽然对于购中头奖的渴望极其强烈，但是与此同时他们也非常清楚，出现这种状况的概率几乎为零。不过，内心的期待足以支撑着他们在日常工作中咬紧牙关、全力以赴，况且周末时或许会有意外的幸福降临，这并非只是天方夜谭。倘若真的能够购中头奖，那么即使在地面放置一软席，然后晕厥其上也无所谓。

周六晚，谁也无法预测即将降临的会是幸运抑或是不幸，千东基代理终究没有晕厥过去，期待中的头奖并未如愿以偿地眷顾他们。不过，他那无法抑制的惊叫声却几乎将忙碌于厨房之中的妻子吓得魂飞魄散。虽然未能拔得头彩，但是他们尚赢得一组中级奖金，不，确切地说，应该称之为小奖。

此次购买的彩票中，6 位中奖号码中竟然选对了 4 个！并且还是两张四等奖！这令初试拳脚就收获 10 万韩币的彩票联盟全体成员感到激动不已，整个周末，他们都在 MSN 上互发信息以示祝贺，并外带一份对于美好前景的展望。周一午休时，他们甚至为此组织了一次庆祝会。

身为倡导者并荣任彩票联盟盟主的千东基代理陡然间感觉自己身轻如燕，仿佛两翼生风一般。周一前往公司的路途中，他显得格外紧张并充满着期待，除却第一次步入公司大门以外，这是他首次在上班时出现这种心情。不得不说这全赖于彩票之神的青睐！

千东基代理一边为下周末乃至下下周末，幸运的彩票之神依然能够光顾他们的联盟真诚地做着祷告，一边愉悦地准备着下午的工作。然而就在此时，部长却意外地将其唤到了办公室。

“据闻职员们近期组织了一个彩票联盟……”

啊，竟然被发现了！虽然部长依然面带微笑，但是千代理似乎已经从他的笑容里窥视出深藏其中的寒意。如果不是因为双唇紧闭，他极有可能会喊出“上帝爸爸！”此时，千代理胁下两翼早已为冷汗浸湿，仿佛臂负千斤一般。但是，部长大人紧随其后的话语却令千代理如闻惊雷，霎时间愣在原地。

“可否允许我加入呢？”

“好……好……啊？”

千东基代理此时几乎无法相信自己的耳朵，不过部长大人的一再追问，证实了他并没有听错。难道部长也是因为听闻前任部长的遭遇从而对未来产生了危机感？因此在某一宵小将此事告发以后，反而由愤怒转为心动？不过即便是拥有这样的理由，对于部长大人充满善意的姿态，千代理依然感到既陌生又惶恐。

千代理一脸茫然地离开了部长办公室，随即便将与部长的对话向金代理和盘托出。金代理的反应同样十分强烈，总而言之就是："难以置信！"其实，甚至连亲耳听闻部长讲话的千代理也一直处于懵懂之中。但是，无法抑制的笑意还是在他的嘴角上出现了。

嘿嘿，嘿嘿，嘿嘿嘿……从何时起星期一也可以使人感到如此高兴了？这是真的吗？

伴随着部长的高调加入，彩票联盟的成员也由原有的6人转变为9人。原来，前期持有观望态度的次长及女职员也紧随着部长的步伐一同走进了联盟。可是唯独高相斗课长依旧稳坐钓鱼台，毫无与众同乐的意味。在大家都坚信自己必然能够大赚一笔时，与众人相比更为财迷的高课长竟然不为所动？这着实令人感到费解，但是却并没有人想过为此一探究竟。这段时间里，前任部长的不幸遭遇致使整个办公室都沉浸在惋惜、忧虑的气氛中，但是彩票联盟的出现却令死气沉沉的办公室重新焕发出了春天般的幸福。只是区区一人没有加入而已，总不至于使春天转移到西伯利亚去吧。

果不其然,“春天”的第一支援者依旧是部长。不知从何时起，他已然由严厉的婆婆转变成了仁慈的公公。即便是发现有人在神圣的工作时间中打瞌睡，他也只作几声干咳或是直接采取视而不见的做法而已。

当第一个 9 万元韩币全部一去不复返时，部长大人亲切地手用拍拍垂头丧气的千代理的肩头,鼓励他重拾信心。一周后,当又一个 9 万韩币仅获中一个五等奖,博回可怜的 5000 元韩币时,部长依然满带笑容地激励他们继续坚持,并且提出此时他已经看到了中取头奖的希望。而在此之后,当众人将彩金增加至每人 2 万韩币,却连 10 元韩币也未能赢回时,他依然一笑而过,充分展现出其豁达、豪放的一面。

事到如今，包括在此之前一直感到惴惴不安的千代理在内,所有人都坚信部长并非只是一时心血来潮。最终,他们还总结出一个看似正确的结论——在公司极力提倡变化与革新的活动中,部长乃当之无愧的主角。此时,每位联盟成员都坚信部长真的发生了变化，办公室的春天也必将一直持续下去,而且,终有一日他们会抱得头彩而还。

随后一周，成员们交付的彩金又下调至每人 1 万韩币，不过他们幸运地选中了一个五等奖。然而再翻一页过去却又是一无收获。岁月无情地推移,伴随一次次的失望,成员们所交付的彩金终于由每周 1 万韩币降至 5000 元韩币，对于头奖的期望也越发淡然……

你知道吗？气球漏气时扁下去的速度要比吹气球时涨起的速度更加迅速；月圆与月亏的天数相比则可谓少得可怜；甚至连斧头也是如此，它落到你脚背上的次数远比获得你信任的次数更为频繁。仿佛正是为了对此加以证明，千东基代理的办公室中发生了一起“突发事件”。不幸的是，这次受伤的对象正是千代理本人。

由于前日饮酒过度，千代理从早晨起便一直迈着“自由舞步”，挨到下午时他索性趴在桌上大睡起来。忽然间被部长的传唤声召醒，千代理对着金代理赧然一笑，随即才缓缓离开座位。从这一时刻开始，部长室内频繁传出长达十几分钟的责骂，不间断的高音令整个办公室的气温骤然降至历史最低，职员们人人自危，噤若寒蝉地端坐在座位之上。

带着一脸颓唐离开部长室以后，千东基代理径直走出办公室，木然地步入大堂之中，伫于大堂窗前，茫然地望向远方。此时，忽然有人将手按在他的肩头之上。千东基回顾其人，俨然正是联盟的另一位骨干金代理。于是，他夹着哭腔哽咽地向金代理问道：

“我们一手建立的彩票联盟究竟该怎么办？”

金代理一如精心呵护弟弟的兄长一般，慈祥地说道：

“喂！清醒一些吧！春天已经逝去。如今你所要考虑的是怎样向部长及各位同仁作出合适的交代！”

chapter 2

比目鱼脍、半份海鲜及一条冻明太鱼

“下班后到我这里来吧，一起吃个晚饭！”

这位清晨时分便打来电话预约晚餐的正是千代理的大学同学许世万。许世万身高不足一米六零，且身材呈现横向发展状态，大学时代的他可谓毫无女人缘，在校园中反而与千代理成为了不折不扣的死党。

无论从性格或是身材方面看去，他与俗称“衣架”的千代理都具有天壤之别，无人知晓他们彼此交好的缘由。如此看来，曾经流行的《偏偏喜欢你》一歌同样适用于友情啊。

但是，两人之间的友情并非似白开水般纯洁清澈。首先值得注意的是，千代理与许世万所处的生长环境可谓大相径庭，也许正是源于某些方面的差异才使二人彼此深深地吸引着对方的吧。

千代理生长于农村，父母均为淳朴厚道的农民，因此，所谓豪门子弟的许世万在他眼中无异于是一个另类。而许世万虽然家境颇丰，却因其沉闷的性格及羞于启齿的相貌问题，反而对于千东基活泼、乐观的天性和超高人气深感艳羡。

也许正是出于上述原因，每次二人共饮时，彼此都会借机耍酒疯挖苦、鄙视对方。不过酒疯终归只是酒疯而已，它绝对不会破坏到千代理与许世万之间的友情。

即使二人之间的友情存在那么一丝的瑕疵，但是这绝对无法动摇到双方的情感根基。如若将这份友情视作一条大川，那么这一瑕疵无非是川底郁结而生的小草而已，它的生长绝对不会对川流的奔腾产生丝毫影响，或者说这份友情就如同心意相通、行动一致的连体婴儿一般，绝没有人可以将其活着拆分开来。

但是随着大学时代的结束，他们终究未能避及现实抛来的残酷考验。争先恐后地参加招聘会、选择工作、置身恋爱之中、步入结婚殿堂……这是任何人均无法逾越的人生历程，他们自然也不例外。在此期间，两人间看似一生流淌不尽的友情之河也随之逐渐走向枯涸，乃至于在经过一段旱期后以彻底干涸宣告终结，那郁结于河底的小草此时令人感觉如此扎眼。

相见次数减少在无形中将两人的关系越拉越远，而彼此关系的疏远则进一步导致双方相见的机会少之又少。而且，即便是偶然一见，两人也总以相互嘲笑为乐，最终往往不欢而散。

因此，虽然接受到邀请，但是千代理的内心之中毫无兴奋感可言。

许世万自毕业以后也曾做过一段时间上班族，后在其父母支持下盘下一家330平方米左右的超市，辞职归家专心经营。超市就位于千代理回家时途经的一个小区中，因为附近没有其他竞争者，是故目前利润颇丰。

“哎呀！最近与您难得一见，怎么不常来走动呢？”

千代理首先与在超市中巧遇的许夫人打过招呼，稍作停留便跟随许世万离开了超市。二人来到一家看上去档次颇高的日式餐厅。身着和服的服务员恭敬地将其引入单间，那是一所铺设着“榻榻米”的雅间。

“此处厨师长的拿手菜是生鱼片，保证你尝过以后会赞不绝口，据说他曾经前往日本进修过厨艺。”

许世万跷起大拇指，对于该处的生鱼片大加赞赏一番。随后便开始着手点正餐，同时口中强调这里与西餐厅没有任何差别，正餐同样丰富异常。由开胃菜开始，汤、生鱼片、烤制食品、酱制食品、面食以及餐后甜点先后被他们裹入腹中，那些外表精致华丽的菜碟也逐渐被服务员一一撤下。

据闻此处的比目鱼脍在制作完成以后，仍须在冰点下放置五个小时，入口分外柔滑细腻，味道堪称一流。千东基代理忽然间对于这些菜肴的价格产生了好奇心，不过菜单上却并没有注明具体价位。

“正宗的日式高级餐厅从不会注明价位，因为他们认为对于价格斤斤计较的人不具备享用顶级生鱼片的资格。”

虽然刚刚享用一餐丰盛、昂贵的菜肴，但是此话一出，千代理顿感腹中美味荡然无存，大有食如嚼蜡之感——或许这正是许世万的一项特殊本领，想到这里千代理不禁索然一笑，随即将杯中余酒一饮而尽。许世万仿佛对此等待已久，千代理的酒杯刚刚落定，他便拿起酒瓶一边倒酒一边说道：

“我们即将搬进新家了！”

“是吗？搬往何处？”

“新近购置了一所房屋，150平方米。因为超市处在这里，我们也只能在附近寻找。刚好有一间中意的房子，所以便立即定了下来。”

“这是好事啊！发自内心地祝贺你，真的。”

话虽如此，不过一想到对方宴请自己的目的正源于此，千代理还是忍不住在心中暗暗痛骂不已。在下一刻，两人将会不约而同地重新确认“小草”的存在。MD！难怪他如此主动，这便是这顿大餐的代价，千代理感觉自己的发梢开始隐隐作痛。

“……今天执行官来过一趟。”妻子秋长美不经意地说道。

此时,千东基代理刚刚把因晚餐而感到不快的身体洗干净,正手持毛巾擦拭湿漉漉的头发。听闻此言,他霎时感到惊恐不安,不禁失声问道:

“什……什么?什么执行官?我们又没有做错什么……”

犹如挨了一记闷棍,千东基代理顿感四肢无力、天旋地转。

“你是不是吃错药了?我说的是隔壁,并不是我们家!

隔壁?刚刚用毛巾擦拭头发时,似乎将“隔壁”二字听漏了。“呼!”千东基代理终于吐出一口长气。

“我还以为遇到了什么倒霉事呢!不过,隔壁怎么会落到这种地步?”

“听门卫大叔讲,似乎是因为银行债务问题。据说,在此之前银行已经多次发来催促函了。”

千东基代理缓缓地点了点头,脑海中晃过隔壁男人的那张脸庞。隔壁男人在年龄上与他相差无几,总是留给人一种善良、文质彬彬的印象。看似与法律毫无瓜葛的人既然也会面临如此惨淡的境遇,千代理忍不住为之叹息。似乎,他们还有一个小女儿吧!唉!

前一刻，千代理便感觉到肠胃有些异样，似乎是消化不良的症状。他忽然感悟到，人生往往如此，也许上一秒钟还在为他人的遭遇感到惋惜不已，可是在下一秒就要为自己的消化不良备感烦恼。

为了缓解腹部病痛，千代理在临睡前用针将指尖刺破，挤出几滴血来。幸好症状并不是十分严重，他才得以安然入睡。再次醒来时已是午夜时分，虽然情况有所好转，但腹部依然存有不适之感。

千代理缓缓起身，随即步入厨房将冰箱门轻轻打开，他如愿地看到剩余的约半瓶白酒。白酒是妻子买来供烹制菜肴时使用的，偶尔也会被千代理取来安慰酒虫。而此时，他则要将这半瓶白酒作为消化药及催眠剂饮下。

刚刚起身时，妻子正侧身而卧，处于香甜睡梦之中。

千代理取出酒杯，倒入约合三小杯的白酒，随即持杯走近餐桌，坐下来开始独自啜饮。

“倒霉的家伙！”

千东基代理仍不忘狠狠诅咒致使自己胃部不适的罪魁祸首。

“无非是投胎时更为走运而已！重要的是自己又有何德何能！又不是凭借自己的能力购置新居，即便是150平方米又如何？哼，有什么值得高兴的！”

心中想着“150平方米何足道哉，我才不会羡慕”，千东基代理不由得猛饮一口白酒，火辣辣的感觉霎时间传遍了每根神经。不过，扪心自问，150平方米的房屋确实已经不小，与自己如今所居住的房子相比又何止两倍之多！不得不说这是一件令人感到非常懊恼的事情。越是思及那150平方米，千代理便越是感觉自己这60平方米的房子实在太小。不知不觉中，自己似乎已经醉了！

千代理双手狠狠地抹了一下脸。无论如何，这间房屋都是我凭借自己的能力独立置办的！我并不像某人那样需要接受父母的资助！想到这里，千代理的精神为之稍稍振作了一点。随后，他又想起了隔壁男人那张善良、秀气的脸庞。

连一个60平方米的房子都无法守护，不需多时就会被赶离家门……即将携妻带子踏入无家可归的生活圈……这样的男人既可恨又可怜，甚至可以说尚不如半块海鲜的价值！虽然这种想法无不带有阿Q心理的嫌疑，但是与隔壁男人一比，千代理的精神顿时更加振作了。

可是忽然间，他又想起了许世万，那个刚刚购置了足有150平方米的房屋、即将迁入新居的家伙！那个可以不计价格地享受美味生鱼片、可谓天生好命的家伙！于是，刚刚升腾而起的振奋之情霎时又重新坠落到了低谷。

恍惚间，千代理的眼前仿佛又浮现出一张面孔，那便是每日清晨自己在镜中所见的那个男人。与之前的两张脸孔相比，这张脸更接近于谁呢？究竟是可怜的人？还是命好的人？

正在千东基做沉思状，冥思苦想之时，妻子忽然走进了厨房。看上去，她似乎是因为内急才由床上爬起的。妻子仍旧一副尚未睡醒的模样，无力地眨动着惺忪的双眼，当她看到丈夫在自酌自饮时，忍不住嘀咕道：

"你不是在外面喝过酒才回家的吗？现在怎么又喝呢？而且都已经很晚了，不要再喝了好不好？赶紧回到床上休息吧！我今天正好买了一条冻明太鱼，明早为你做酸辣的醒酒汤！"

说完以后，妻子便迷迷糊糊地走入了洗手间。一瞬间，千东基代理犹如心事落地般显得满面轻松。很快，洗手间内便传出了强劲的排水声。

使千代理从心结中挣脱的关键正是妻子刚刚提及的冻明太鱼。无论是他抑或是洗手间内的妻子，对于"冻明太鱼更接近柔滑细腻的比目鱼脸还是半块海鲜"，心中都已了如指掌。甚至，此时正静静躺在冰箱中的冻明太鱼对此也十分明了。

chapter 3

用 3000 韩元交换吝啬鬼的秘史

千东基代理毅然地拒绝了金代理邀其同去饮酒的提议，理由是已经与他人达成了下班后见面的约定。而他在结束工作以后却前往了一家书店。

这家书店位于距公司不远的地铁站附近，千代理到达书店时正逢购买高峰，店内人头攒动。他此次的购买目标是理财类书籍，此类书籍最易寻找，因为它在大厅中占据了绝对的领地。

以往，千代理能够接触到“理财”的场所仅仅是银行。倘若有人要求千代理从其他方面考虑理财，就他的性格而言必然会毫不犹豫地选择购买彩票，而妻子秋长美也无非选择了请约赋金①与一个普通储蓄而已，对于理财可谓兴趣索然。完全可以说，他们二人就是一对夫唱妇随的理财菜鸟。

今天，虽然摆脱了酒精的诱惑来到书店，但是千代理对于此时的自己也颇感陌生，甚至忽然怀疑起自己是否已经掉进

①请约赋金、请约储蓄、请约预金是韩国请约存折的三种形式，是韩国申购房屋专有的制度，我国并没有相对应的房屋申购方式。

了钱眼中，不过旋即他又露出了自嘲的苦笑。尽管思绪翻飞，但是千代理的手却一直异常认真地在书架上翻找着，半晌以后它才停留在《上班族，这样赚足十亿》与《向我学便能收获三十亿》这两本书上。就在此时，身后突然传来了招呼声：

"真令人感到吃惊，你也会对这种书感兴趣吗？"

事实上，真正感到吃惊的应该是千代理。当他反射性地朝声源处望去，才发现来人原来是高相斗课长。在公司中时刻相对还不够吗？竟然还要在公司以外与这个著名的吝啬鬼相逢?！而且，竟然在他思考究竟要赚10亿还是30亿的关键时刻发声搅扰！且回过头来说，难道我就不能对这些书籍感兴趣吗？思及此处，千代理忽然产生出了一种被轻视的感觉。

"我原以为你的主攻方向是彩票呢，难道不是吗？"

"现在，我已经不再购买彩票了。"

"因此便决定将兴趣转移到理财方面，是这样吗？"

其实，千代理并不想多与对方搭言，他总不能将昨晚比目鱼脍、半块海鲜以及冻明太鱼的故事讲给对方听吧？而且，千代理认为二人之间并没有什么话题可谈，因此他只是露出一丝羞涩的笑容。高课长似乎也不想多言，同样礼貌性地回以微微一笑。

但是转身一想，千代理忽然发现自己的思想出现了偏差。于是，他迅速回身对着高课长叫道：

“我们一起去喝一杯咖啡如何？由我买单。”

“即便是立即辞职，我所积攒的财富也足以保障退休后的生活。”

高相斗课长毫不保留地说道。就在上一刻，千代理冒失地询问起高课长的积蓄情况，而这便是对方的回答。千代理继而问道：“虽然积存了一笔不菲的钱财，但是在公司中却已经大失人心，对此，你可曾考虑过？”

高课长没有丝毫犹豫：

“我一直认为，公司并非是用来增进友谊的社交场所。不妨一问，你刚刚买的咖啡价钱是多少？”

怎会忽然问及咖啡的价钱？刚才千代理所买的外卖咖啡标价为 3000 元一杯。

“不便宜啊！若要对得起这杯咖啡的价格，我似乎应该多说一点呢，你愿意听吗？”

对于这一提议，千代理当然不会拒绝。而且高课长所讲述的故事也足以与这杯咖啡等价而论，因为那正是他成为吝啬鬼的前因后果，也可以说这是一个家族的家史。

“我有一个长我 20 岁的哥哥。当年父母在生下大哥以后，经过了 20 年才又生下我。哥哥结婚时 18 岁，当时已经生活在大城市中，并且在我出世后不久，他的儿子也降生了。也就是说，我们叔侄同岁……”

在父母的宠爱之下，高课长快乐地度过了童年时光。但是不幸的是，正当他即将跨入中学校门时，父亲却忽然过世，而且，就在第二年，母亲也因病与世长辞。此后，高课长只能搬入哥哥家中居住，与他们共同生活，而哥哥与大嫂也待他犹如亲生儿子一般。

当时，哥哥经营一家制鞋厂。由于生意兴隆，不仅工厂规模在不断扩大，而且他们的生活也颇为富足。可以说，在那段事业蒸蒸日上的时光中，高课长与同龄的侄子唯一需要做的就是认真学习。

进入高中以后，情况也是如此。处于这种毫无波澜的生活中，高课长开始为升入大学而倍加努力，而侄子则对演艺事业颇感兴趣，一有空闲便会前往专业学院接受导师的一对一指导。

如此度过了三年，高课长终于如愿以偿地获取了大学录取通知书，而侄子也在为实现自己的演艺梦想四处奔走着。

正当此时，一场突如其来的灾难降临到了这个家庭。哥哥的制鞋厂突燃大火，从而造成了巨大的经济损失！火灾不仅烧毁了原材料及库存，并且对原销售渠道也产生了严重的影响，因此仅仅是在三个月以后，制鞋厂便被迫宣告破产。随后的情形可想而知，债主们闻风而至，家中略有价值的物品均被他们一扫而空了。

面对这种情况，能否进入大学或是进军演艺圈已然不再重要。因此，高课长打算提前放弃学业，尽早踏上就业之路。在距报到截止日期仅剩一天时，一直在外躲债的哥哥却忽然出现在他的面前，并将一个厚厚的信封交给了他。信封中装有高课长就读大学时所需要的学费，只是不知哥哥是由何处筹措而来的。

大哥一脸凝重地告诫他，无论遭遇任何困难，一定要完成学业。说完这句话以后，他便在夜幕的掩盖下匆匆消失于胡同之中。这也是他最后一次见到哥哥在世时的模样。翌日晚，人们发现哥哥吊死在工厂的仓库中。

家中的支柱轰然倒塌，从此一家人的生计变得更加难以维持。住房被拍卖以后，大嫂在娘家人的帮助下与儿子共同租下一间单间。高课长则开始了日间读书、夜间打工的大学生涯。实在无法坚持时，他便休学一段时期，待攒足学费后再重新复学。

只要一有时间，高课长便会去探望大嫂与侄子。但是他每次见到的均是闲散在家的侄子，却一直未曾与在外做钟点工的大嫂见上一面。侄子似乎并没有心情寻找工作，他只是不停地强调说自己不愿意去赚那些小钱。

侄子一直没有放弃成为一名艺人的梦想。看着颓废的侄子，高课长十分同情奔波在外的大嫂，但是当时的境况也令他无法抽出丝毫余力去帮助二人。

无论如何，漫长的大学生活终于只剩下最后一个学期了。即将通过幽深、漆黑的隧道，高课长此时仿佛已经看到了不远处的光明。可是尚未待他迈出隧道口，一具尸体却突然横陈在他的面前。

开学不久，大嫂忽然来到学校，告知他侄子已经离家数日未归。侄子是因为没有得到足够的零用钱离家出走的。就在上个月，大嫂刚刚丢失了钟点工工作，至今尚未寻找到新的出路，因此这个月实在无法如往常一般供给侄子20万元的零用钱。

高课长陪同大嫂四处寻找侄子的下落，但是始终一无所获，唯了解到侄子以往的零用钱最终均流进了酒吧与赌场。正当他们头绪全无之时，忽然有人打来电话告知他们侄子的所在。侄子的尸体是在大哥的坟墓前被发现的，他用农药结束了年轻的生命。

轻生的丈夫，在丈夫坟墓前服毒自尽的儿子！惊闻噩耗，大嫂当时便昏厥于地。而木然伫立一旁的高课长也唯有强忍着愤怒的泪水。撇给妻儿巨额债款、自杀逃避的大哥；沉浸于往日美景中、一直依靠大嫂辛苦供养、最终服毒自尽的侄子！他们二人怎么就如此相像呢？不愧是父子啊！有其父必有其子！送走两个因无法面对突如其来的困境而选择自杀的懦弱灵魂以后，高课长忽然悟出了一个道理——

左右人们命运的其实并不是金钱，而是人们对于金钱的态度以及使用它的方法。大哥与侄子之所以会选择自杀，并不是因为他们没有金钱，而是因为他们在金钱面前太过悲观、懦弱。

从那一刻起，高课长不再是背负贫穷、步履蹒跚的学生了。他主动将贫穷扔至九霄云外，变成了一个十足的吝啬鬼。

如此，高课长转变成为吝啬鬼的前因后果便已讲述完毕了。千东基代理此时变得异常严肃，半晌一言未发。爸爸葬身黄泉，儿子紧步后尘，妈妈心力交瘁，爸爸的兄弟则变成了名副其实的吝啬鬼……这令他无法不严肃起来。但是他同时又感觉到，倘若不将自己的不解之处重申一遍，便是对于对方的一种不敬。

“谢谢您的教诲，这个故事远不止 3000 元的咖啡便能够买到的。不过，您之所以将其告知与我，是否还有其他原因呢？”

高相斗课长没作肯定答复也没否认，只是露出一丝暧昧的笑容，轻声答道：

“你确实想知道吗？那就请我吃饭吧！”

chapter 4

白旗招展，金融十诫命的三日而终

“从明天开始我要进行理财！不要阻拦我！”

当千代理手持书籍进入家门时，妻子秋长美抬起双眸望了过来，随即当听闻丈夫要进行理财时，她终于忍不住圆睁双目，显露出一脸惊讶之色。平时，千代理下班后归家只会手拿报纸进门，周末时则会是VCD，因此秋长美此时的惊讶也是情有可原的。不过，当她看到书名中的“十亿”二字，目光中不禁又露出一丝了然之色。

10亿难道是一条迷路的狗吗？怎么可能会撞到我们家。

不过这一次，千代理似乎铁定了心要进行理财一般。由于决心太过坚定，刚一放下碗筷，他便拿起理财书籍苦心钻研起来，而且直至凌晨一点半他才停止“一心只读圣贤书”。在此期间，妻子曾在23点15分与23点55分两次试图挑战他的热情，不过此时她也早已进入了梦乡。置身于寂静的夜晚中，千代理的笔尖慢慢流淌出这样一段话语：

若想理财成功，必须要跻身于早起型人群之中。人们不是常言"早起的鸟儿有虫吃"吗？你认为此话太落伍，没有一语中的的感觉？倘若如此，那你便去告诉鸟儿吧，告诉鸟儿抓虫吃太落伍，告诉它要改抓别的东西。我想鸟儿也许会这样回答你：去洗洗脚，睡觉吧！……

字迹流淌的速度越来越慢，不知何时千代理终于迷迷糊糊地睡了过去。待他一觉醒来，已然是凌晨3点时分了。千代理强忍着腰背的酸痛，迷迷糊糊地坐了起来。

7小时之前千代理已经擦洗过手脚，所以此时他只需爬上床睡觉即可。千代理摇摇晃晃地走进卧室，直接栽倒在床上，几个小时以后，他以一声惨叫迎来了理财第一日。

"啊！迟到了！"

因为没有时间吃早饭，誓要跻身于早起型人群中的千代理，在理财首日清晨备感心酸、焦躁、疲惫。

"你的意思是，昨天没有同去喝酒自己跑掉与今早因迟到被部长狠批，两者都是因为那价值10亿元的工程，对吗？

"你的理解能力不错嘛！"

"不过，你所谓的价值10亿元的工程究竟是什么啊？"

"你想知道吗？那就请我吃饭吧！"

于是乎，千代理的午餐问题便由金代理全权负责，而金代理所得到的答案则是所有人几乎都曾听闻，但是在理解上却各有千秋的"上班族理财十诫命"。

在气质、特长、梦想、职业以及财务条件各不相同的情况下，理财方式自然也会有所不同。那么这理财十诫命又从何谈起呢？而且竟然还需要依照书中内容按部就班地去做？不过，对此千代理似乎持有不同观点。

"狐狸运用自己的才智时，难道熊就不可以效仿吗？重要的是，你能否对其加以适应并留为己用。归根结底，所谓的进化不就是生命体改变自身特性借以适应生存环境的结果吗？在进化的过程中，狐狸可以变作熊，而熊亦可变作狐狸！"

从那一刻开始，千东基代理便一头扎进"适应新一轮进化"的伟大事业之中。不过目前看来，千代理急需适应的倒应该是由此而引发的各种副作用。

午餐以后，由于在购买咖啡的时段中使用了第五诫命，即"减少不必要的支出"，千代理"荣幸"地获得了"高课长第二"这一令人毛骨悚然的绰号。下班以后，在众人相邀同饮时，千代理"适时适地"地提出了第六诫命——尽量不要参加酒席，因为它是金钱、时间以及健康共同的敌人，于是他又得到了众人对其持久性的一致嘲笑。

晚餐以后，刚刚将餐具刷洗完毕的妻子正端坐在电视机前收看节目。千代理忽然出现在妻子面前，郑重地向她讲出第七诫命——有效管理时间，并试图对其进行一番说教。可是，最终的结果却是千代理被妻子斥责得灰头土脸，末了妻子仍不忘对他高声强调道："类似这种连看电视都要受限制的'10亿元游戏'，还是由你一个人继续认真玩吧！"

当千代理将第八诫命，即"积累经济知识"代入目前以演艺界八卦新闻及娱乐消息为主的网络中时，他便只能面对着深奥难解、索然无味的经济类网页呵欠连天了。

打乱以后再度整理无疑困难异常！被各种副作用大伤锐气以后，千代理将尚有大半未曾体验的理财十诫命一并埋进了深土，随即拍拍手掌径直转回了来时的路。

不久，同事们为只坚持三天便举起白旗的千代理举办了一个"回归欢迎酒会"。与此同时，绰号、嘲笑、责骂以及呵欠也如春雪般迅速消融。就这样，打乱与整理均异常顺利的千代理完整地折回到原来的生活轨迹之中了。

"谁，你是谁啊？"

"臭小子！这么快就将爷爷的样子忘记了吗？"

"您是我的爷爷？"

"当然，你这个臭小子！再仔细看一看我是谁！"

“哈哈!您的眼睛下面也有一颗红枣般大小的疣,应该是我的爷爷没错!”

“你这个不肖子孙!到现在才认出爷爷来!啧啧!”

“对不起,不过您都已经过世20年了,怎么会忽然想起前来找我?”

“呵呵,我在天堂中看到你的生活简直就像一团乱麻!所以便带着一份可以改变你人生的礼物前来找你了。”

“一份可以改变我人生的礼物?嘿嘿嘿!您远道而来一定非常辛苦吧,而且还要带着礼物,要不然您先将礼物交给我吧!”

“呵呵,你这个家伙简直是在井边要开水!你至少要先看一下是什么,然后再接过去吧?”

“我一眼便看出来了!肥嘟嘟的身体、两只大耳朵、扁扁的鼻子、卷起的尾巴,配以那独特的叫声,这分明就是一头猪嘛。”

“至少你的眼神还算正常!好,这就送给你,接稳了!”

刚一伸手接住“礼物猪”,千东基代理便骤然惊醒,此时他才发现原来竟是梦一场。哈,这个梦真是莫名其妙!爷爷梦中的模样似乎仍在眼前浮现,栩栩如生。辞世二十余载的爷爷为孙子送来能够改变其人生的礼物？而且还是一头猪？千代理埋下头，手掌用力按压着隐隐作痛的后颈，片刻之后，他猛然抬起了头。对，一定是这样！祖宗梦，肥猪梦！

他还记得曾经读到过几篇类似报道，报道中写到某些人在梦见过世的祖宗或肥猪以后，购买彩票时中了一等奖。千代理的梦中不仅有爷爷，而且还有肥猪，也就是说这个梦既是祖宗梦又是肥猪梦！哦，爷爷！真是太感谢您了！您不仅亲自来到孙子梦中，还赐予我一头肥猪！而且声言能够改变孙子的人生，这俨然是一个再明显不过的提示嘛！

因此，千代理此后的目标只有一个，那就是向前进！向着彩票，向着一等奖，前进！不过，在此之前他尚有一件事情需要解决。在千代理自顾解梦的这段时间中，妻子一直在厨房召唤着他的名字，因此他首先要做的便是在洗澡以后向餐桌前进。

“你是说，因为你的梦非常吉利，所以这次购买的彩票一定会中大奖，对吗？”

“你的理解能力果然是‘神仙放屁，不同凡响’啊！”

“如果部长知道我们又合伙购买彩票，他是绝对不会放过我们的！有什么办法吗？”

“所以我们一定不能让部长知道此事！”

“那次长呢？”

“因为存在说漏嘴的可能，所以我们也不能将此事告诉次长，略过！”

“课长自然也要自动略过喽？”

“课长……应该是吧。”

自那次书店相遇以后，千代理每每一想到高课长就如鲠在喉。因此直至今日，高课长的一举一动都会迅速引起他的反应。

虽然理财之举仅仅坚持了三天而已，但是千代理之所以大呼理财，其中也不乏遭受到高课长刺激的因素。很明显，高课长绝对不会对彩票产生兴趣，并有可能对此嗤之以鼻。是故，千代理更加不愿让他得知此事。

“马上就要下班了，我们抓紧行动吧！”

也许是正处于周六的缘故，办公室中的工作气氛相对而言松弛很多，因此众人间的交流也进行得既隐秘又快捷。下班后，除部长、次长、课长外，其他七名职员迅速聚集在公司附近的食堂之中。对于千代理那一祥梦，众人皆知之甚细。是故，每个人的脸上都洋溢着期待之情。

以前，有人曾提出人均支付 10 万元用于购买彩票，不过为了减轻个人负担，众人最终决定将支付金额定为每人 5 万。在其他人毫无异议的情况下，千代理随机选出了购买号码。午餐后至抽奖的这段时间，由个人自由支配。而抽奖时的集合地点则是众人常去的啤酒屋。

众人散去以后，千代理与金代理一同来到一家台球馆消磨时间，随后便早早地赶往啤酒屋占据雅座。约期将近时，众人也纷至沓来，待人员聚齐时千代理与金代理已然喝下了两杯半扎啤。

面红耳赤、频频举杯的千东基代理此时只觉满腹胀气，不过这绝不仅仅是啤酒泡沫在作祟，金代理与其他人或许也是如此。这其中不仅仅包含着焦躁之情，而且又带有一种奇妙的预感，那应该是对于“必中头彩”的强烈期待吧。

临近开奖时，众人的心脏似乎均已飞上了九重云霄。可是在开奖结束以后，却又齐齐跌落回残酷的现实之中，气氛顿时变得无比压抑。

当晚，千代理回到家中已经醉意盎然了。不，明明已经醉意盎然，可是在见到妻子时他却显得异常清醒。

“你手机关机了？今天一直在联系你呢……”

电池没电了?不过此时千代理并无心情作答,而且也无力作答。也许是在归途之中酒气渐消的缘故，妻子并未察觉出千代理的饮醉程度,她径自说道：

“今天我去医院检查了一下。月经已经迟来好几天了，因此我也曾怀疑过。不过……老公,医生说我怀孕了！”

渐渐清醒的千代理忽然间又是一个踉跄。妻子的话语仿佛化作了一把铁锤，狠狠击在他的后脑上！虽然内心中十分清楚,此时自己应该表示高兴,并拍掌庆祝,但是千代理却感到了一阵口徨。不知不觉中他咧嘴露出一丝傻笑，随后半是解释半是辩驳地嘀咕着：

“……如此说来,我这个梦并不是预示着会中头奖,而是个胎,是个胎梦？”

chapter 5

功成于生豆腐，功败于作担保

距离预产期还有一个月的时间，妻子秋长美的体态变得非常奇怪。自正面看去，她的小腹犹如鼓起的气球一般，而从背面望去却与普通主妇无甚区别。每每看着妻子凸起的小腹，千代理都会如芒在背。也许正是出于这种危机感，千代理有时竟会梦到妻子的肚皮猛然炸开，或是一股气流自妻子肚脐中喷涌而出直入云霄。

不过，这并不意味着每次见到妻子时千代理都会为之忐忑不安，他反而会感到自己正被幸福之神紧紧拥抱着。因为二人的爱情结晶已经开始在妈妈的肚子中蠢蠢欲动，这令千代理真切地意识到自身存在的意义。

每每此时，千代理便会沉浸在感动与惊奇之中，同时不禁油然升起一份自豪感。有时，他甚至会将脸贴在妻子的小腹上，对着尚未出世的孩子颇为感慨地说“将你养到这么大，爸爸为之付出了很多辛苦呢”。当然，此刻妻子则一定会强烈地表示出自己的不满。其实，千代理之所以出此言，也是有原因的，可以说他也间接体验到了妊娠反应所带来的痛苦。

自怀孕第十一周开始，妻子正式出现妊娠反应，而且她的妊娠反应较其他孕妇更为强烈。虽然说处于妊娠期，在进食中或闻到食物味道时产生呕吐感属于正常现象，但妻子在干呕时竟然会吐血！千代理原以为自己只需悠闲从容地静待妊娠期满，便可以荣升为父亲。此时，见到妻子的妊娠反应如此严重，他才火烧屁股一般四处为妻子寻找可以下咽的食物。在经过无数次尝试之后，他最终无奈地发现，唯有生豆腐才能令妻子安然用膳。

自那一刻开始，家中的冰箱便迅速被生豆腐所填满。由于妊娠反应严重，妻子不愿闻到其他味道，因此，下班以后前往那些口感良好、口碑颇佳的豆腐店购买生豆腐，并将之放入冰箱储存，便成为了千代理每日必做的功课。因为家中唯有生豆腐这一种食物，是故千代理也只能在早、晚两餐中以生豆腐充饥。

妻子是由于妊娠反应严重才被迫唯以生豆腐为食，可是作为一个正常男人，若要将一日三餐中的两餐改作单一的生豆腐，则不可不将其谓为一次艰苦战役。虽然生豆腐口感滑腻、味道上佳且营养丰富，但是它又怎能与香气四溢的米饭及酱汤同日而语呢？

但是每当想到妻子一日三餐只能以生豆腐为食，千代理不禁为自己在午餐时尚可食用其他食物感到万幸之至。

再坚持一个月，咬紧牙关再坚持一个月！一个月以后妻子的妊娠反应应该结束了，到时，他就能够在家中享用香气四溢的米饭与酱汤了！

在那段时光中，正是出于这种想法的激励，千代理才咬紧牙关苦苦坚持了一个月。一个月之后，严重的妊娠反应果然消失不见了。那一刻，千代理不禁欣喜万分，此事俨然值得他们小小庆贺一番。是故，当千代理的目光触及晚餐中的米饭及酱汤时，他几乎要落下泪来。

翌日中午 12 点，千代理告知一贯准时吃饭的金代理先去食堂点菜，而自己则在结束眼前工作以后才由座位上起身。记得有人曾经说过：渡过难关之后，人的生存欲望及人生乐趣便会骤然剧增。仿佛正是为了证明此话，千代理一路吹着口哨迈进了公司附近的食堂。

此时，金代理早已将午餐点妥，因此千代理刚一坐下，饭菜便陆续摆到了餐桌之上。不过，令千代理备感郁闷的是，金代理点的竟然是嫩豆腐汤与白米饭！金代理首先夹起一块作为配菜奉送的生豆腐，开口说道：

“嗯，非常不错！喂，你也尝尝这个，味道真的好极了！”

金代理顺势将盛有生豆腐的小餐碟推至千东基面前。一脸凝重的千代理终于忍无可忍，迅速偏过头去干呕起来。无奈！妻子刚刚逃离妊娠反应的魔窟，他却又重新陷入进来。

这段经历便是千东基代理的妊娠反应体验。虽说略显夸张，但此次事件足以说明千代理的确曾为有孕在身的妻子尽心尽力了。因此，他自负地认为，与所有“丈夫”相比，自己纵然得不到满分，但是至少也应该处于平均分数之上。换句话说，尽管自己算不上能够令人安然入睡的沙发，至少也能够发挥枕头或是靠垫的作用。

距离预产期仅剩一星期的时间，此时，一桩意外事件却一举将千代理的自豪感彻底粉碎。而且在此之前，无论是千代理还是妻子，谁都未曾预料到会出现这种情况。在事发当日清晨，妻子尚且是一位笑送丈夫出门的开心天使，但是在千代理下班归家时，妻子却已经变身成为了“绿巨人浩克”。

“你立刻向我解释一下这究竟是怎么回事！快点！”

千代理接过妻子甩来的邮件顺势拆开，里面竟然是银行发来的督促函，催促其尽快将连带保证款还清。作保？债务？思索片刻以后千代理才恍然想起。

曾有一位交往颇深的大学前辈前来公司拜访他，声称准备从银行贷款 2000 万，需要一位担保人作保。千代理也时常听闻某某盲目为人作保，最终导致自己妻离子散、家破人亡。但也仅是听闻而已，且相交甚深的前辈就在眼前，由于感到难以拒绝，千代理便答应了前辈的请求，为其担当贷款保证人。估计就是这仅有的一次举动引来了眼前这张督促函。

千代理首先稳定住妻子的情绪，随即立刻给那位前辈拨打电话。由于近期很少联系，他压根不清楚对方目前的情况。当发现前辈的电话无法接通以后，千代理又陆续给其他几位同学打去电话。在电话中，他得知了那位前辈近日刚刚宣布破产，携款而逃、销声匿迹的消息。

千代理顿时感到头昏脑胀、四肢发软，不过，当务之急首先要使妻子保持冷静。妻子必然十分清楚产妇过于激动将会对胎儿造成不利影响，千代理此时唯一的想法就是尽力使妻子考虑到此后果的严重性，从而平息怒气。不过，2000 万元担保债务实实在在地摆在面前，谁又能够保证妻子不会随时点燃激动之情呢？而事实上，这一平静期也着实短暂，尚且不足 24 小时。

翌日，千代理以外出办公为名，四处探访前辈的消息以及关于银行债务的问题。正在此时，岳母突然打来电话，告知千代理她刚刚将秋长美接回了娘家，并且，她又提到妻子此时情绪非常激动，因此希望千代理过一段时间以后再接秋长美回家。

骤然间，回家以后只能独守空房，于是千代理开始邀约酒友。不过，令他颇感郁闷的是，他所联络的人全部有约在身。因此，他唯有满腹酸楚地独自爬回寂静、空荡的小窝。

在家中他一边独酌下班时从超市买来的白酒，一边“享受”着一个人的晚餐，在不知不觉中逐渐进入了梦境。

当电话铃声将他由梦中唤醒时已是凌晨四点时分。抓起电话以后，千代理落寞地说了一声“喂”，电话另一端迅速传来岳母焦急万分的声音。由于羊水破了，秋长美已经被紧急送到了医院。

听闻此言，千代理瞬间变得清醒无比，来不及多做梳洗，他飞一般地奔到了停车场。那辆平时唯有周末或自驾游时才会开出的1500CC小型轿车也如往常一般，蒙着薄薄的灰尘迎接着自己的主人。

凌晨的公路上车辆极为稀少，千代理毫不犹豫地将油门一踩到底，前方出现的车辆迅速被他一一超过。此刻，千代理甚至认为这些车辆的尾灯要比驾驶高峰时的抢道车更加令人生厌。虽然是在路面情况最佳时驾车，但是他的心情却糟糕到了极点。

预产期还未到羊水便破了……千代理此时最为担心的便是妻子的安危。当然，同时他也为自己那尚未见面的孩子感到担忧不已。后视镜中出现了一个因为担心妻儿安危而骤然变身为暴走族的千代理。

后视镜中的男人可谓惨不忍睹，他不仅拥有一张臃肿的面孔，而且头顶还絮着两只鸟窝，口中也絮絮不止，不知究竟是哀号还是祈祷：

"上帝老爸，菩萨大叔，求求您……呜呜，孔子大人，神灵大人，天地神明啊，求您……求您了……啊，对了，还有爷爷！我从今天开始一定会奋发图强的！所以求您，求求您了……求您保佑她们大小平安，可以吗？噢，那该死的担保债务！"

chapter 6

家庭基础——诞生的长女

“祝贺您，是一位小公主呢！”

千东基代理压根没有将护士小姐的祝贺声听入耳中，他此刻唯一关心的是妻儿的安危。直至医生将母女平安的消息告知与他，千代理这才饶恕了他那颗自凌晨时分便高悬至今的心脏，逐渐从紧张与负罪感中解脱出来。

“谢谢您，谢谢您！”

医生曾经向他提及，考虑到产妇目前的身体状况，医院方面准备采用药物引产法接生婴儿。而千代理显然是关心则乱，小题大做地将之视作宣判死刑一般。因此，在听闻母女安然的消息以后，他的形态只能用“欣喜若狂”一词来形容，无论相关与否，只要逢人，“谢谢”二字便会脱口而出。

千代理紧紧攥住岳母的双手，从昨夜起，这位慈祥的老人就寸步不离地守护在医院，为产妇及婴儿的健康状况一直紧绷着心弦。

千代理到达医院时已是凌晨时分，令其略感不满的是，刚刚步入医院的他便被岳母在第一时间推入了洗手间。可是此刻，当他听闻母女平安的消息以后，那时所产生的微微不满早已被抛到了九霄云外。

在洗手间的镜子中，他见到的是一张甚至连岳母都不堪忍受的男人面孔。

“你现在的样子令人眼见心烦，即便我是你的丈母娘，也必须先将你赶出去再说。”

千东基代理魂不守舍地将眼屎从镜中男人的面孔上揩去，然后用水沾湿头发，将一蓬乱草稍作梳理一番。随即，他又重新回到产房外的走廊上，依岳母而坐。然后便将自己的虔诚与岳母的真挚融为一处，为秋长美的顺利分娩合力祈祷。啊……神啊……

就在他屏息凝神，默默祷告之时，不远处突然传来的噪音猛然间打破了这庄重的气氛。

“妈妈，你看那位叔叔，他的发型真的很像阿童木哦！”

讲话的是一个小孩子，显然还处于刚入小学或是尚未脱离幼儿园的年龄段。千代理茫然地抬眼望去，只见一个胖乎乎的小孩正由妈妈牵着走向走廊的另一侧。岳母同时也抬头看向那对母子，不过又迅速地将头低下，千代理也紧随着低下头。

也许是刚刚沾湿的头发在风干的过程中，自然地朝两边翘起，是故会呈现出与阿童木发型颇像的形态。不过，对此千代理并未多加思考，这不仅是因为此事尚不足挂齿，而且此时他也没有心情去留意其他事。一如阿童木竭力守护地球一般，他也有自己需要守护的“命脉”，那就是目前正处于产房中的妻子及未出世的子女。

正是由于此前神经紧绷的时间过长，因此在听闻母女平安的消息后，千代理心中充满了欣慰与感激之情。阿童木在成功守护地球以后，心情也不外如此吧？虽然妻子并非足月分娩，但是婴儿的体重已经达到了3公斤，这已算是十分正常的体重了。

“喂，女婿，赶快往家乡打个电话报平安吧，他们现在还不知道情况呢。”

在岳母的督促下，千东基代理慌乱无主地与家乡通了一个电话。

“从这一刻开始，你要更有觉悟。”

父亲的话虽然很短，但是千代理却能够深刻体会到他的心意。父亲是想将自己在31年前所下的决心完整地转交给儿子。

两日后，年迈的母亲特意携带大量物品远从乡下前来看望她的孙女。

“她的鼻子长得与你一模一样。从古至今长女就是一家的基础。你一定要好好抚养她啊，知道没！无论如何，这次真是太辛苦你了！”

老母亲不禁对“劳苦功高”的儿媳大加赞扬。对于近期一直怀有畏缩心理的千代理而言，母亲的出现无疑使他感受到了无穷的支援力量。虽然十分希望母亲能够就此长住下去，但遗憾的是当时正处于秋收时节。

在农村，秋收当属四季中最为繁忙的季节，大家恨不得将狗也当作黄牛使用。因此对于可怜的千代理而言，母亲能够在此时前来留宿一两晚，已然使其感激万分了。

“身为一家之主，你目前最为重要的任务就是照顾好自己的妻儿，我想对此你也应该十分清楚吧？老妈就要回去了。另外，我们为孩子取好了名字会立即告诉你。”

翌日，母亲返回了乡下。此后，千代理所要做就是遵从父亲大人的教诲，那便是“要有觉悟”。在大多数时间中，妻子均一言不发，即便偶尔发言也是句句带刺、出语伤人。正当千代理备感伤心、无助时，岳母临时充当起了安慰者的角色：

“女人在分娩以后，必然会变得神经质和过分敏感！所以，即使感到辛苦，你也要坚持忍耐下去。你应该清楚这个孩子的秉性，即便是生气也不会持续太久，经过一段时间她自然而然便会想通了。”

分娩后的第三天，妻子便出院回家静养了。当日下班以后，千东基代理特意前往礼品店购买了一只可爱的天使人偶。这只人偶不仅能够扇动双翅，并且可以随之发出悦耳的音乐声，足以达到刺激婴儿视觉及听觉发育的效果。

千东基代理走近家门时，太阳尚未完全西沉。也许是因为适当的通风更有利于产后恢复，此时大门正好敞开着，千代理步入房屋时并未发出多余声响。忽然间，他听到妻子愤怒的声音，不禁停下了脚步：

“两千万，足足两千万啊！这可不是一个小数目！而且还是瞒着我去为别人作担保，妈妈你能够理解我吗？我怎么能够指望依靠这样的人衣食无忧地度过一生啊！”

正如岳母所言，分娩以后妻子变得更加神经质、更为敏感。那一瞬间，千代理甚至对女儿未降生时的环境感到无比怀念。不，准确地说是怀念妻子尚未发觉担保事件时的生活。那时，妻子的笑容宛如天使般灿烂、美丽。这种深切的怀念令他备感伤心、迷乱。正当他踌躇不前之时，房间内传来了岳母安慰妻子的声音：

“孩子，你是否还记得以前做当铺生意的朴老头？怎么，难道忘了？在你尚未与东基交往时，朴老头的儿子不是曾一心追求你吗？就在你婚后不久，那孩子也迅速结婚了。

“他们婚后那段时间，朴老头一直炫耀新娘家中是何等富有。因此，在两家人共同扶持新郎官开创事业时，朴老头的气焰简直可谓牛气冲天啊。

“不过，这份嚣张气焰尚未维持到两年便一扫而光了。

这不仅仅是因为当初开创事业时过于盲目，而且听闻新郎创业不久便沉迷于赌博了。因此，事业上遭受挫折是不可避免的。最终，不仅公司宣布破产，而且为了偿还公司债务以及赌债，甚至连朴老头一生积蓄及岳父母的财产也全部赔了个精光。

“你不妨想象一下，倘若当初那个小伙子追求你时，你选择与他结婚，后果又将如何？对此，妈妈甚至想也不敢去想。与他相比，我们的东基简直可谓是天使，他就是天使啊！你的话也不无道理，在当今这个社会为人作保确实需要承担很大风险，不过，我想你也应该清楚，这完全是因为东基太过善良所致。

“事情发展到这一地步，东基必然会有自己的主见，而且他也一定懂得其中的道理。所以，你也就没有必要再为此而义愤填膺了。男人虽然外表看似十分强悍，但是内心却非常脆弱、敏感，如果一直埋怨他们，只会使他们变得胆小怕事、心胸狭隘！从古至今，默默支持自己的男人走向成功，就是我们女人不可或缺的责任，因此妈妈希望这一次你能够原谅东基！”

听着岳母贴心的话语，听着她对于自己的理解以及对妻子的耐心劝说，千东基代理忽然间有一种鼻尖酸酸的感觉。岳母是天使妻子的母亲，这么说来她可谓是天使们的先驱，而她对千代理的关怀致使千代理备感温馨、亲切。默默听完岳母这番话语，千代理发觉自己内心中的酸楚、口徨早已一扫而空，并且他已然暗暗在心中为自己添加了翅膀，为将来成为妻儿的天使全力以赴。

思及此处，千东基代理满面轻松地准备步入房间。可是霎时之间，他产生出一个可怕的疑问，而且这一疑问迅速化作魔鬼，疯狂地噬咬着他的心。

刚刚提及的那位朴老头的儿子究竟是何许人也？在未遇到我之前，他们之间难道真的任何事情都没有发生过吗？

chapter 7

以自身机智，从鳄鱼手中抢夺金块

"一同去吃午饭如何？我来买单。"

千东基代理一反常态地凑近高相斗课长，这也是他近一年来首次主动接近高课长。显然，高课长对此也感到十分意外，努力掌控着一年以来所形成的身、心方面的距离感，并未立即予以答复。不过，他毕竟老于世故，转眼间便转换姿态微笑着应道：

"这绝对是一个令人无法拒绝的提议，那好，就一同去吧！"

他们选择的去处是位于街口最内侧的一家韩食馆，这里的特点是足够干净、足够安静。这种环境也较适合他们边吃边聊。点餐后，趁着饭菜尚未呈上的间隙，高相斗课长首先开口问道：

"成为父亲以后感想如何？如此一说，似乎已经有一个多月了吧？"

"我至今为止还有些迷迷糊糊的，唯一的感觉就是特别兴奋。这就如同考试之前并未做好充分准备，可是考试结果却是满分一般。有时感觉恍如睡梦一场，有时却又为将来的考试感到忧心忡忡。”

“哈哈！此言不虚，你此时的心情应该与获取满分时毫无二致吧！不过，你无须为将来的考试太过忧虑。因为即便是用尽全力，在接下来的考核中你仍然无法获得满分。”

“啊？”

“其实，你现在所通过的无非是资格考试而已，也就是成为一个父亲的资格考试。不过，养育子女要比孕育子女更加困难重重，可以说这是更高层次上的考核。所以，我希望你不要考虑太多。”

“哦，原来如此。”

千东基代理略微点了点头，不过这并不表示他已经完全理解或接受了高课长的建议。因为高课长告诉他“不要考虑太多”，相对于父亲的“要有觉悟”而言，这无异于是对即将出战的马拉松长跑选手提出要求“你需要竞走”。

不过，即便是选择“竞走”，此时他也需要考虑一下两人的聊天进度了。因为对于这顿午餐他可谓是痛下决心，不得已而为之……倘若在一年前花费 3000 韩元的咖啡听吝啬鬼讲故事，尚不觉可惜，但是现在是要利用 12 000 韩元的午餐换回吝啬鬼的“吝啬鬼理财术”。毕竟这个吝啬鬼已经积攒了一笔不菲的资产，那可是即便就此辞职也能享用一生的财富啊。

“即使不顾虑太多，但是钱包问题我总应该考虑到吧？我究竟该如何去做呢？”

“将它填上，这便是正确答案。我不妨问你一个问题，你认为多少钱才会使你感到满足呢？”

“那当然是……”

越多越好。1 亿、10 亿、100 亿，抑或是 1000 亿？不过，若想积攒 100 亿或是 1000 亿的资产，必然需要花费很长时间。而且，千代理自认为自己尚未准备如此庞大的口袋，更何况若是如此，身边则必须配备一个财务专家。另外，长久以来越为硕大的海鲜就会吸引越多苍蝇的问题已然司空见惯，到时必定会有许多令人恼怒的家伙骚扰他的生活。最关键的问题是，千代理认为自己根本不具备如此卓绝的能力。

那么，1 亿或是 10 亿又怎样呢？1 亿似乎少了一点，而 10 亿资产则正是众人衡量富豪阶层的标准。另外，据闻由 10 亿资产开始，人们便需要交纳遗产税。那么，当我过世以后妻儿与国税厅也不得不牢记我曾存在过。对！10 亿就应该是令我满足的标准了。

“10亿，听起来便令人感到无比向往。好吧，那么你再思考一下，凭借你此时的情况，如何才能够积攒下10亿资产？”

千代理所产生的第一个念头是储蓄。刨除其他一切费用，他每月实领薪金约为230万韩币，如果再划除生活费用等，一个月应该可以存入100万。1年下来便是1200万，10年则为1.2亿，那么若想积存10亿的话……

我靠！竟然需要83年零4个月！即便是加上利息，在他有生之年无论如何是无法积存下这10亿资产了。的确是令人感到“无比向往”啊！难道我还需要专设一个银行账户，让女儿继续存钱？那么，她又能否在生前见到这10亿究竟是何等面目呢？且不管其他，此时千代理可以肯定的是，女儿也一定会对此感到“无比向往”。

“你认为积攒这10亿资产，果真就只有那一条路可以走吗？”

“哪一条路？”

“彩票啊！”

瞬间，千东基代理只觉怒发冲冠。我此时需要的并不是彩票，而是理财术！正当他打算予以反驳时，服务员终于适时地将饭菜端了上来。此后，二人谁也未曾再次提及有关彩票及理财的事宜，而是开始正式享用午餐。

不旋踵间，餐桌上便已摆满了米饭、汤羹以及各色菜肴。品尝几口诱人食欲的饭菜以后，高课长忽然开口说道：

“我讲一个颇为有趣的古代故事给你听，如何？”

为何忽然间提及古代故事？千代理停箸向高课长望去，露出一脸疑惑。

“很早以前有这样两位汉子，一为甲一为乙。一日，二人同行时路逢一江川。因江水十分清澈，是故二人停足饱饮一番。就在此时，汉子乙忽然指江而喊：‘黄金！是黄金啊！’

“汉子甲顿时顺势望去，果不其然，江底确实铺有一层耀眼夺目的黄金。二人喜极而拥、手舞足蹈，兴奋之情溢于言表。转眼间，汉子乙已将自己剥得赤身裸体，准备入江取金。

“此刻，细心的汉子甲一把将其拦下，手指江底言明自己的发现：‘你看那边，朋友！在黄金上面横陈着人类的骸骨。这里似乎存在着危险，我们还是先观察一下再去打捞吧。’

“正在二人仔细观察此处玄虚时，不远处一位男子负担提桶而来。汉子甲手指江底，向其询问缘由。男子答道：‘此江中藏有一条凶残的鳄鱼。它平时隐匿不出，可是一旦有人入江取金，它一定会趁势扑出咬死其人。’也正是出于这一原因，该男子才不敢贸然入水打捞黄金，只得以担水为生。

“听闻此言，汉子乙大感失望。可是，既然已入宝山又岂有空回之理？于是，汉子乙百般纠缠那位男子，央求其道出取金的其他方法。

“挑水人执拗不过，终于讲出了一个略有价值的信息，他告知二人此江每隔百年将会暴发一次洪灾，到那时江底的黄金会自然而然地浮出江面。在将这一信息透漏给二人以后，他便径直依原路而去。当时，汉子乙便宣誓他要一直生活于此，至少在暴发洪水之前绝不离开。

“而汉子甲则首先思索片刻，随后前往挑水人所居住的村子。接着，他从村中借来工具，也开始担水而卖。最后，他利用担水赚来的钱财购买了一大块羊肉，然后重新返回江边。他先是注意观察了一下江面动静，随即便将那一大块羊肉扔入江中。

“片刻工夫，一条硕大无比的鳄鱼浮出江面，它露出狰狞的巨牙一口将羊肉咬住。就在此时，汉子甲瞄准时机纵身跃入江中，然后以迅雷不及掩耳之势由江底取出一块黄金，随即迅速游返江岸。

“故事的结局何须多言！既然已经获取珍宝，自然会幸福地度过余生！捞取黄金以后，汉子甲径直返回村庄中，从此，他成为了一个富翁。”

高课长重新提起了筷子，故事到此似乎已经结束。千东基代理认为与其说这是一个有趣的故事，莫不如将其比作一个莫名其妙的冷笑话则更为贴切。不知这个吝啬鬼究竟想要说明什么？汉子甲是谁？汉子乙又是谁？以及那位挑水男子与爱好捉迷藏的鳄鱼又都是些什么东西？

另外，江底黄金、人类骸骨、羊肉……为什么要在吃饭时讲述这些呢？千东基代理不禁一头雾水。仿佛已经看出他的困惑，高课长在各品一口汤、饭后，继续讲了下去。

“你是否怀有这样的疑问，不知我为何忽然间讲出这个故事来？其实，只要你换位思考一下，其中的道理便会不言自明。故事中的江水指的是交易市场，汉子甲、汉子乙和挑水男子则是为了赚钱而踏足交易市场的投资者。

“其中，汉子甲是慎重而理智地进行投资的投资者，而汉子乙是指那些盲目且情绪化的投资者，那挑水男子又借指什么呢？你可以将其视作‘安全第一’的保守型投资者。

“铺于江底的黄金则暗指所有投资者梦寐以求的高额利润，人类骸骨便是因贸然行事而尝尽苦果的那些投资者。

“那么，鳄鱼所指何物？当然是市场上所存在的危险因素。我们尚可将汉子甲投入江中的羊肉视为收效甚快的投资资金。上述各物恰好能够组成一个寓意颇深的故事，同时，这也可看作是对于理财世界的一个真实写照。”

千东基代理颇有同感，不禁频频颔首。转瞬间，他便锁定了自己的目标，一如鳄鱼般猛贴过去，问道：

“我该怎样去做才能如汉子甲一般呢？”

“首先，你需要对自身情况做到了如指掌。例如，某城主认为城墙越高则越安全，所以他设计建造一条高为百米的城墙。可是当其准备着手建城时却发现，可供自己使用的材料仅有黄土而已。这便是未能认清自身状况而导致的失败事例。

“倘若该城主进行理财业务，无疑又是一个汉子乙。因为在确定计划时，他不会率先考虑现实状况，而是完全依照目标决定计划。若是设定数年内积攒几亿韩元的目标，他必然会认为只需每月积存几百万即可。

“这类人只关注自己的最终目标，而对于实现目标的具体措施却一无所知。因此，当发现江底藏金时，他们作出的第一反应便是迅速扑入江中捞取，而在功败垂成以后则又决定百年后待黄金浮出水面时再行打算。

“与之相反，能够准确掌握自身状况的人在面对目标时，则会依据现实条件确立周详的推行计划。例如，他们会全面考虑到目前所拥有的资产及债务状况、收入与支出各为多少，因此每月投入若干资产进行投资，数年以后能够收益几何等等。汉子甲便属于这一类人群。

“为了能够入江取金，他们会绞尽脑汁制定出环环相扣的方法借以达成目标。如他们首先担水赚钱，进而利用赚取的钱财购买羊肉，随后以羊肉为饵诱惑鳄鱼出动，最终才入江捞取黄金……这与所谓的战略性理财具有异曲同工之处。”

认清自身状况?此事显然知易行难!但是为了最终收获江底黄金，这一问题却又始终无法避及。尚未待千代理回味过来，高课长已经径自讲了下去。

“其次，你所要认清的是环境。假设某位将军将一支军队埋伏在森林中自以为得计，可是对手却利用火攻将其部下消灭大半。这种失败正是由于没有认真掌握战场环境状况所致。

“所以说，在着手理财之前，至少应该对当前理财环境进行一次透彻、深入的了解，这是理财世界中的常识。下面，我们就分析一下当前的理财环境吧。你应该清楚，伴随医学事业的蓬勃发展，人类的平均寿命已然呈现走高趋势。此话应怎样理解呢?我们应该意识到的是，老年人退休以后的生活周期变得更为漫长了。

“老年人的生活支出大抵出于年轻时预存的积蓄，若是毫无积蓄可言则需要依靠子女赡养。但是，伴随退休后的生活周期变得越加漫长，昔日的积蓄迟早会被花尽。倘若因为赡养问题而与子女发生矛盾，老年生活则更加无法保障。所谓的‘长寿万岁’已然变作‘长寿劫难’。而且现在也不会像以前一样生一大堆孩子，因此到老年时可供依靠的子女也不多。

“古罗马一位讽刺派诗人吟咏道：‘年迈远比死亡更加恐怖！’步入老龄阶段以后，那些老者既无财富可言又无力气自养，饱受排斥、惨遭冷遇，此话极为贴切地道出了他们的悲哀与无奈，古时的罗马人大都产生过如此感慨。处于当今这种金钱至上的社会中，孤老无依的人又将面临怎样的待遇？这应该不用我多做阐述吧？

“因此，我们必须在年轻力壮时为自己积攒下养老资本，可是实际情况又如何呢？如今，各大公司频繁提出调整结构，裁员则更属家常便饭。许多人不是已经提出，倘若将赚来的钱晾在银行中无异于是在变相接受损失吗？此话一针见血地阐明，与物价上涨的比例相比，银行利息实在微不足道。

“所以，投资是我们目前唯一的选择。不过令我们望而却步的是，今时今日因为投资失败而坠楼轻生的传闻已是屡见不鲜。由于公司工作给予我们的压力过于沉重，所以我们所知晓的以及能够接触到的理财方式唯有银行业务而已。像挑水男子一样的人群数量不断扩充的原因就在于此。”

千东基代理思及自身处境，心情不禁瞬时如弦月一般黯淡无光。正在他感到意志委靡之时，高课长却突然提出这样一个问题：

“你难道不好奇吗？不想知道汉子乙的结局如何吗？”

“是啊，不过我以为您的故事已经讲完了呢。”

“当然没有讲完！事实上，这一故事的主人公正是汉子乙。并且他与你之间存有诸多相似之处。”

“像我？我怎么会与乙……？”

聪明的主人公汉子甲成为了富豪，而笨蛋千东基则只会拼命挑水来卖，最终依旧与富豪无缘……故事的主题不外乎如此吗？难道尚有后续不成？可是，高课长为何忽然提及汉子乙呢？而且，他与我又有何处相像！

“汉子乙果如其言，死守原地、寸步不离，而且最终他也迎来了百年一遇的巨大洪水。正如挑水男子所言，江底黄金全部浮出了水面。”

瞬时间，千代理感觉故事主题已然转变成为“精诚所至，金石为开”。他不禁暗暗叹道：的确是一个颇具趣味的古老故事！

“汉子乙也成为了富翁吧？而且肯定要比汉子甲更为富有！”

一边说着，千东基代理甚至还一边作出愉悦的表情。既然是与我相像的家伙成为了有钱人，那么，即使是出于礼貌我似乎也应该表示一下高兴之情吧。但是课长的回答却大出千代理意料之外。

“没有，他并未成为富翁，反而就那般呆坐原地，最终被洪水席卷而去。”

“结局居然是这样啊！可是，你为何要将这样一个家伙与我相比呢？”

千东基代理的声音中明显带有不满成分。原本意志就已呈委靡之势，可是这个可恶的吝啬鬼竟然还要火上浇油！但是高课长并未理会他此时的心情，嗤笑了一声回答道：

“我要提醒你的是，如果你这类人去理财，必然会与汉子乙同走一条路，出于草率以及情绪化的因素，你注定会遭遇失败。所以我想奉劝你一句，莫不如你就效仿那位担水为生的男子吧。你一定要牢记一点，理财术绝对不是彩票！”

千东基代理忍不住紧闭双眼，无奈地接受再次被调换的故事主题。“以往如何生活，今后也就按部就班吧！”难道我花钱请这个吝啬鬼吃饭，只是为了听到他的教训吗？啊，该死的！我的 24 000 元啊！

chapter 8

最终接受人生规划指导

“在接到高相斗老师的电话以后，我便一直在等着您的到来。见到您非常高兴，我是财务协调员尹以贞。您可以称我为尹协调员。”

望着眼前身着职业装的女子展露出的满面笑容，千代理的心情似乎也随之轻松不少。女子主动与千代理简单地握手示好。看上去她与秋长美的年龄相差无几，千代理颇为欣赏她鲜明的表情以及满怀自信的姿态。

在高课长的介绍下与财务协调员约定会面时，千代理心中便隐隐产生出一种排斥感。在此之前，他几乎从未与此类人士打过交道。实际上，他无非是希望向高课长学习一手理财术而已，并未考虑过邀请专业人士剖析自己混乱的财务状况。

因此，在驾车前往江南站赴约时，他一直在与自己做着思想斗争，几下决心才将调转车头的念头打消以后，他仍然为一度找上财务协调员感到后悔不已。

“你就将其当作是一次正常诊断，为你的财务状况进行一次彻底的诊断及治疗。”

初闻高课长的话语时，千代理并未深思。可是一经思考，他却对此做法在改善现状方面所起到的作用大持怀疑态度。即便只是一个小家庭的财务状况，收入与支出方面也是异常琐碎、复杂的。是故他认为，若想完全掌控金钱流动无异于痴人说梦。

“从这一刻开始，您将接受人生规划方面的指导。您可以将其视为整个人生，即成长发育、构建家庭、生儿育女、老年生涯这一历程中的最佳财务规划。换言之，也可以视作是能够实现您人生梦想的资产运营设计图。”

“是否可以这样说，只要严格遵守人生规划，我便能够达成一切梦想？”

“当然，这也并不是没有条件限制的。如若一个年薪只有 5000 万的人打算设计出 10 年以后积攒 500 亿的规划图，那么此人所需要的便不是人生规划了，而应该是魔术。

“我为您设计的人生规划主要是将您人生周期中出现的金钱流动调节得更具效率性，并改善及健全它的循环性。并且，它等于是一种长期性的财务咨询系统，可以使您在他日回首人生时，迸发出‘我是以极其认真的态度生活至今的’、‘至少在我看来，我的人生尚属成功’等感慨。”

尹协调员继续强调，人生规划并非一次性制订完成，而是会通过跟踪观察顾客的个人环境以及金融环境的变化，每间隔两年提出一次改善方案。

听闻售后服务拥有保障，千代理逐渐加深了对于她的信任。同时在他心中又产生出一种期待：将自己目前混乱的财务状况交付于她们负责管理，或许真的可以得到改善，甚至会出现全然一新的局面吧！

不管怎么说，千代理此时已确实感到百闻不如一见。扪心自问，倘若由自己分析、设计人生规划，毫无疑问，能够增加的不是自己的疑惑便是推理能力，既然本身并未产生改行做侦探的想法，莫不如全权交付于她们进行规划，到时再依照结果论功行赏罢了。

何况就在上一刻，千东基代理已经遭受了不小的惊吓，此时他正有头昏脑胀之感。刚刚，尹协调员在强调人生规划的必要性时，指出一个骇人的事实，她提出，一对普通夫妻从结婚、生子乃至将孩子抚养成人，然后顺利地度过老年生活直至死亡，所需花费的金钱数约为 12 亿 6600 万韩元。

在其中，倘若将基本生活费用与每月零用支出均计于内，单单老年生活所需资金就已经达到 2 亿 6100 万元之多。听及此处，千代理仿佛亲眼见到在自己年迈以后，孩子为供养他们而感到心力交瘁的情景。如此可怕的一个事实，怎能不使他为之一振。

哎呀！到那时，我的女儿会毫无怨言地为我们提供生活费用及零散花销吗？如果不趁此时为老年生活做下准备，到时要求女儿在20年时间里分期支付如此庞大的数目，她必然会发疯吧？估计她极有可能会因此产生断绝父女关系的想法。或者，待她一断奶我便开始向她灌输“百事孝为先”之理？

在最终决定接受人生规划指导后，千东基代理便接过相关申请表，准备着手填写自己的资料。他首先需要填写的便是家庭成员的具体情况。

	姓名	居民身份证	出生年月日	职业
本人	千东基	68****-1******	1968年 ×月×日	公司职员
配偶	秋长美	71****-2******	1971年 ×月×日	家庭主妇
子女	千真	99****-4******	1999年 ×月×日	无

两天前，女儿的名字刚刚由家乡邮寄过来。而且，昨日他已经在洞事务所（相当于居委会）为女儿进行了登记。千代理用力写下那刚刚诞生不足两日的名字，内心之中感慨万千。

千真，真是一个非常好听的名字！思及女儿名字的处女秀便是用于保证家庭未来的财务计划，千代理更加兴奋不已。

其次需要填写的是年均收入与财务目标。扣除税金及四大年金以后，千代理发现自己的年收入刚好为2800万元，也就是说月均收入仅有230万而已。

处于动辄上亿的社会中，区区230万何足挂齿，但是正是这 230 万在支撑着他的家庭。思及此处，千代理对于 230 万这一数字不得不致以由衷的敬意。但是转念之间，回想起自己也曾挪用其中部分钱财购买彩票并供喝酒之用，千代理顿时陷入深深的自责之中。

几经思索后，他将 10 年以后的财务目标定为还清一切债务，并将住房面积由 60 平方米扩大到 110 平方米。在他想来，这一目标略显夸大，因此对于最终能否实现梦想也无成竹在胸。但考虑到 10 年以后自己已然年届四旬，若是连此目标都无法达成，那么面临老年生活时，必然会捉襟见肘，因此千代理并未改变初衷。

在反复思考并最终确定财务目标以后，千代理便开始继续填写申请表上的内容。他此时正在填写与资产及债务相关的项目。

资产项目

住房（60 平方米）_8000 万元
轿车（1500C）_500 万元
积蓄（含请约赋金 300 万元）_800 万元

负债项目

住房担保贷款 _3000 万元
普通贷款（有关连带保证）_2000 万元
负数贷款 _300 万元

计算结果显示，目前千代理的资产总额为 9300 万，负债总额为 5300 万，这表示他的净资产为 4000 万！千代理夫妇的年龄总和刚刚超过花甲之数，因此这 4000 万净资产对于他们而言无疑是极其珍贵的。在剩余的岁月中，这 4000 万增加与否将直接决定一家人的未来如何发展。

思及那些净资产为零甚至是负数的人白手起家的传奇事迹，千代理颇为自己拥有 4000 万本金而感到内心之中异常充实。哎，倘若最终结果也能令我感到如此充实该有多好。

在计算每月生活费用以及金融支出时，千代理无奈地发现自己必须依靠妻子的帮助，毕竟以往月薪均由妻子负责管理。高课长也曾劝说他尽量与妻子一同接受人生规划，但是一想到与妻子间的冷战状态，千代理最终依旧没敢向妻子提及此事。这不仅是由于担保事件的余波尚未平息，且因为千代理曾经仅坚持三天便选择放弃修习理财术。因此，即便是与妻子商讨此事，妻子也必然不会乖乖就范。

无奈之下，千代理只得硬着头皮向家中拨了一通电话，状似不经意地询问起家中可有零存整取类存款或是其他支出。至于每月生活费用，由于妻子并没有记家庭账簿的习惯，因此只能由月薪之中减去金融支出，从而计算出大体数目。哎，犯有前科之人实在命苦啊……

金融方面的每月存款与支出

积蓄:30 万元

保险(本人的癌症保险 4 万元+夫人的健康保险 3 万 5 千元):7.5 万元

住房担保贷款的利息(5.5%):13.75 万元

普通贷款的利息(12%):20 万元

负数贷款的利息(11%):2.75 万元

每月生活费

平均月薪 230 万元-金融方面的金额 74 万元=156 万元

千代理怀着学生时代上交月末考卷时的心情,忐忑不安地将已经填写完毕的申请书递交给尹协调员。此时,他的内心世界极为复杂,既担心大意之下漏填了重要内容,又因惧怕对方提出"如果以上内容属实事情会很难办"、"您还是继续往日的生活吧"而感到惶恐不安。正当他越发焦急烦乱之时,月末考试的成绩单终于发放到了千代理的手中。

"就目前情况看,你们亟须解决的是连带保证的债款问题。高达 12%的利息对于任何人而言都会感觉如坐针毡,而且它所产生的弊害也是最为致命的!

"因此,我建议您首先将在排除请约赋金 300 万以外的剩余 500 万积蓄全部取出,然后再以住房为抵押物贷款 1000 万,优先减少普通贷款数额。

“如此一来，则意味着您将能够获取两者间的利息差。即500万普通贷款利息与存款利息之间8.8%的间差以及1000万普通贷款利息与担保贷款利息之差的6.5%。500万的8.8%为44万，1000万的6.5%则为65万，如此，每年共计可以获得109万的利差，这表示您每月将增加9万元的额外收入。然后，您再将这部分资金投入理财之中即可。”

12%（普通贷款利率）－3.2%（税后定期存款利率）＝8.8%
12%（普通贷款利率）－5.5%（担保贷款利率）＝6.5%
〔44万元（500万元×8.8%）＋65万元（1000万元×6.5%）〕÷12个月＝9万元

随即她又提出，在今后的数年中，利用富余资金还清所剩普通贷款，并使用年终奖偿还住房担保贷款。此时，目睹令其不堪重负的担保债务的数额这般急剧减少，千代理不由得高兴万分。同时，他又为这番计算所发挥出的魔力大感神奇。

尹以贞协调员并未察觉到他的内心活动，继续以亲切且满怀自信的语气对千代理家的财务情况进行剖析并提出相关解决方法。

“倘若每个月均毫无目标地存入30万，您还不如将所有前期存款取出，用以继续减少普通贷款的金额。在贷款还清以后，每月多出的这30万您可以灵活地加以运用。譬如，由30

万中取出5万并每月额外收入的9万元，共计14万元，将其投入到近期人气较高的定投基金中，选择以3年为期。

“然后，再取出20万用于购买既能够保障应对危机又可满足投资需要的变额寿险，最后剩余的5万元则作为为夫人购买健康保险之用。我自认，如此运作便可称之为长期、安全且较为优异的理财方法。”

“变额什么险？”

“是变额寿险！一般情况下，购买保险时保险公司会预先凿定将来对应给付的理赔金额。变额寿险则与之不同，投保人支付保险金以后，寿险公司会首先由此中扣除保险费用，再将剩余大部资金用于购买一个或几个单位的投资基金，而这类投资基金主要用于投资各种债券及股票。在投资产生效益时，寿险公司会随之返利于客户。

“由于变额寿险隶属分红类保险范畴，因此也存在本金消耗的可能性。不过如果收效良好，您则可以获得相对丰厚的死亡保险金或解约金。即便收益率不容乐观，倘若购置的为死亡保险，客户所给付的保险金也会得到最低保障。

“而且它与银行的活期存款异曲同工，只要您愿意可以随时分毫无缺地提取出来。因此在金融市场上变额寿险一直人气颇高。

“另外，当您步入古稀之年时可以主动将其转作年金，从而使您终生均能获取定量年金，避免因年迈离职而中断经济来源，因此它又被视为有效应对老年生活的金融产品。

“既有保障，又可用于储蓄及投资？而且最终还能够领取年金？”千东基代理懵懵懂懂地听着尹协调员继续讲述定投基金的稳定性与收益性。

据尹协调员所言，投资者只需每月定额向该基金进行投资，基金公司便会将此资金投入到股票及债券之中，换而言之它也是一种间接性投资商品。因其投资方向由专家进行掌控，是故在风险保障上较个人投资而言具有较大优异性，而且效益也颇为可观，属于一种零存整取类的极佳理财方式。

“选择变额寿险及定投基金主要是为达成两大目的，一为不可臆测的危机预作准备，二为资产增值。倘若您的夫人也能够从某一刻开始参加工作，那么，达成先生 10 年以后的预定目标应该不成问题。”

千东基代理不禁考虑，若是尹协调员所言当真能够全部成为现实，那么他又有何奢求可言呢？对于此前与理财术隔江相望的千代理而言，对岸的世界简直可谓异彩纷呈。变额、定投、人生规划……此处的世界，因为理财而更显繁华。

于是，当思忆起往日购买彩票的那段时光以及此时唯有自己收拾的烂摊子，他的饥饿感、空虚感汹涌而至，出于这份饥饿与空虚，到达对岸以后他便急不可耐地狼吞虎咽起来，而干瘪的肚皮也随之迅速鼓胀、饱满。最终，他终于迫不及待地对尚守彼岸的妻儿狂呼：

“老婆！马上将真儿带到这里来！这里吃用不尽，变额、定投、人生规划，举不胜举！你那生下真儿以后一直瘪皱的肚皮，我会很快使它重新饱满起来的！快点过来啊！嗝……”

chapter 9

为偿还因替人作保所产生的债务

“因此，我的意见是先将这一部分债务结清！”

对于千代理提出尽快转换掉大部分连带保证款的建议，妻子举双手表示赞同。一直以来，她也为这年利息高达240万的负债感到头疼不已。不过二人意见却并未从始至终保持一致，很快两人之间便出现了分歧。

“节省下来的这一部分钱，就用于理财。”

正是因为这一提议，二人的观点犹如被中餐厅的木筷划分过一般，骤然间摆成了两个相对而立的阵营。妻子认为，利息有所减少即可，何必又将其单独提取出来，而且还要用于理财，这种想法简直可谓疯狂至极。因此，对于千代理所阐述的变额寿险及定投基金她丝毫不做细听。

不过，此事早已在千代理的预料之中。就在一年以前，他还曾一本正经地提出过理财计划，但是却仅仅坚持了短暂的三天而已，对此，妻子必然记忆犹新。因此如若希望妻子表露出“老公，你又打算规划理财计划？实在太好了”一样的欣喜情绪，无异于是在痴人说梦。这一如在沙漠中寻找红豆冰水、打算在南极做沙浴一般，令人可望而不可及。

近高相斗课长身边，妄图从他那里混到一份免费午餐。当然，千代理换回的一直是高课长的严重警告。不过，从总体上看，千代理泉涌般的热情已然大部分集中于学习理财及付诸实践方面了。

家中订购的报纸早已被千代理换作“经济报”，同时，他还时常光顾经济类网站 money today，并跻身成为“理财入门教育”的会员之一。此外，对于一些著名讲师及理财方面成功人士所举办的演讲活动，他一直以积极的心态参与其中，寄望于获得其富豪哲学与灵感的启发。

一次，他前往世宗文化会馆四层会议厅，参加在此举行的“成为富豪”特别演讲活动，演讲者的一句陈词一直萦绕在他的耳边：

“还清一切债务就是成为富豪的基础，我们一定要铭记这一点！”

从那一刻开始，残余的 500 万连带保证款俨然已经化作一个恶性肿瘤，如鲠在喉一般时刻侵扰着千代理的身心。究竟怎样才能够结清这笔余债呢？在此后颇长一段时间中，他一直在为这一问题而感到苦恼不已。

除却夜晚闭眼入睡的时间以外，无论是在地铁里或是身处办公室中，无论处于食堂或是洗手间，无论在书店抑或在家，浮现在他脑海中的唯有 500 万、500 万、500 万，就如同正是这500万打碎了他成为富翁的梦想一般。最终，妻子实在忍无可忍，不禁对他说道：

“每月利息仅为5万元而已，你不觉得自己此时的反应有点过激吗？”

对此，千代理的反应远比想象之中更为强烈：

“这是什么话！大地主也有可能因为一只小老鼠而破产、没落。”

“你简直是在胡说八道！大地主怎么可能会因为一只小老鼠而破产？”

“我来为你分析一下！无论经过多长时间，地主家的粮食总量是绝不会变的，可是老鼠则不同。它很快就会由1只变10只，10只变100只，100只变1000只……无须多久便会汇聚成为一个令人心惊的数目，进而将地主家储粮吞食殆尽！这样解释你明白了吗？”

对此，妻子很是不以为然，但是千代理的心情却前所未有地凝重起来。虽然在现实中，地主并不会因为一只老鼠而没落破产，可是千代理却认为，如若不能首先解决这500万元欠款问题，他则无法以饱满的信心将理财进行到底，也无法以乐观的情绪面对未来人生。自参加过“成为富豪”特别演讲以后，他的思维便迅速地陷入了这种怪圈，久久无法自拔。

正当千东基代理为这500万欠款辗转反侧之时，金代理的一席话语却令他的烦恼顿时烟消云散。午餐过后，当大家均在休息大厅喝咖啡时，金代理走到了他的身边，向其询问是否认识二手车商人。据金代理所言，他的妻弟刚刚领取机动车驾照，尚不敢直接驾驶新车，所以打算购买一辆二手车先磨合一段时间。

听闻这一消息，千代理的脑海中瞬间掠过一束闪电。对了，就是它！千代理霎时间想到一个自认不错的解决方法，那便是将自己的私车转卖给金代理的妻弟。由金代理从中作保，千代理与金代理那位素未谋面的妻弟通过电话商定了价格，并定下口头协议。经过商讨以后，两人将具体交易时间定为本周六。到时，千代理将会把汽车以及相关文件、手续一并交付给对方，而对方则需要将 500 万购车款同时打入千代理的账户。

当晚，刚一步入家门，千东基代理便得意地将这一消息传达给了妻子。高兴吧！500 万的欠款问题终于得以解决了。啊！这是真的吗？老公，你真棒，辛苦你了！

在千代理想来，这般对话自然再正常不过。但事实却完全出乎他的预料之外，当千代理刚一将此事提出，房间内的温度瞬间便降至冰点以下。妻子一再表示自己坚决反对卖车。

“你明天就去告诉他，不卖！一定要说！”

望着妻子冰冷的表情，望着她因过分激动而充血的太阳穴，千代理的心瞬间坠入了深渊，并且做不出丝毫挣扎。也许冰雪魔女也不外乎如此吧！当初，千代理自认为妻子对于自己无可奈何，可是直到此时他才忽然发现，在妻子身上竟然隐藏着如此冰冷的魔力。在这种魔力面前，无可奈何的反而却是千代理。同时，他也后知后觉地意识到，当初认为“用事实说话即可”的自己确实太过性急、太过愚蠢了。

次日醒来，千东基代理并未立即起身，而是睁着双眼在床上辗转了近 30 分钟，在地铁中，他也如以往一样被蜂拥的人群拥来挤去。而在到达办公室以后，千代理的心情则更如系错的纽扣一般别扭之极，做起事来也显得无精打采。

虽然此次债务清还计划已然面临中途夭折的危机，令其大有食如嚼蜡之感，但是千代理始终未曾向金代理提及此事。下午时分，妻子发来手机短信告知他下班以后早些返家。想到归家以后妻子一定会追问自己是否已向金代理言明此事，千东基代理只觉眼前一片漆黑。

倘若她果真问及此事，我也只能暂时骗她说已经谈过……然后，明天一定要向金代理摊牌，车不卖了。怀着这种想法回到家中，千代理却意外地发现妻子此时竟然温柔满面。冰雪魔女的面孔上竟然会浮现出春天般温暖的气息，这让千东基代理感到一阵迷惘。

不过，惊讶却远不止于此。妻子已经预先将烤好的五花肉及烧酒摆上了餐桌，呆坐在餐桌前，千代理的内心世界万般复杂，甚至连香气四溢的五花肉也无法勾起他丝毫的食欲。难道迫使丈夫的卖车计划破产竟然如此值得庆祝吗？正当他愤愤地提起酒瓶时，妻子忽然开口问道：

“你对他讲过了吗？”

“哦？嗯，讲过了。”

“对不起，让你做了一件违心的事情。如果你还没有说，那倒也不错……”

“你说什么？”

“其实，我并不反对你卖车还债。我无非是在周末使用汽车而已，卖车与否对我而言没有什么大不了的！”

这话究竟是什么意思？千代理不得不开始怀疑自己的耳朵。在此之前尚拼命反对，此时竟然会说出这种话语？

“我真正讨厌的……是你的态度。我反感你一个人承担烦恼、一个人擅作决定。无论是上一次拜访财务协调员接受人生规划指导，还是之后的一系列行动，包括这次卖车，如果你能够事先与我商讨，同时留给我一个烦恼的机会，我又怎会对你如此冷淡？怎会如此一味反对？

“在一家之主为了家庭的未来而努力拼搏时，世界上又有哪一个女人愿意拖其后腿呢？我也是家中的一员，是你的妻子！所以我有权利与你一起分担苦恼、一起为家庭承担责任，你认为我说得对吗？因此，我希望你以后一定不要再自作主张了……让我与你共同作决定好吗？连带保证款多么令人感到畏惧啊，能够解决它无疑是一件使人感到无比兴奋的事情，我真的很希望与你共同承担烦恼、一起分享成功的喜悦。你知道吗？你能够理解我的这种心情吗？”

不知从何时候起，妻子湿润的双眼已经死死地锁定了千代理。千代理不由自主地低下头来，不敢去面对妻子哀怨的目光。“越是面对这种情况，你越应该与夫人商量后再作决定，这毕竟是全家人的事情啊！”千代理忽然忆及高课长在他准备去拜访财务协调员时所说的话语。

妻子并没有继续往下说，而是将手中的酒杯缓缓举起，邀丈夫同自己碰杯。“这一杯的主题是，还清我们家的连带保证款！”一直沉默无语的千代理此时也将头徐徐抬起，与妻子轻碰酒杯以后，便仰起头来将杯中酒一饮而尽。他忽然感觉到，正流淌过喉咙的烧酒既含些许凉意，又夹带几许甘甜。

“呵，这怎么可以啊！酒怎么能如此甘甜呢！”

妻子不禁绽露出开心的笑容，满面温柔地望着酒话连篇的千代理。不知是陶醉于妻子此时的微笑还是区区一杯烧酒便使他沉醉，千代理的脸上逐渐涌起了红潮。或许，令他感到迷醉的尚有他物可言吧……

chapter 10

妻子的堵老鼠洞战略

“你是说，与以往相比发生了很大变化？”

“对，而且变化巨大！”

“无论如何，这对你而言是一件好事。不是吗？”

“你说得对，不过又不对！”

此刻，千东基代理的心情极其复杂，这源于妻子秋长美两个半月前开始发生的转变。妻子刚刚从文具店买来家庭账簿递给他看时，千代理的心中唯有纯粹的肯定与期待，并对此表示出一定的支持。在他的意识中，所谓的理财正如向无底水缸中添水一样，无论你添入多少，只要它一直在泄漏，那么也只是徒劳无功而已。

那时，妻子提出自己也要为这个家尽一份力，于是，她开始在网络中查找或是向别人咨询，又或者从书中挖出节约秘诀，随即将其一一用于他们的生活之中。

这种节约式理财可以称之为是一种生活智慧，而妻子则将它称作“堵老鼠洞战略”。家富万石食粮的大地主也会因老鼠而倾家荡产！妻子这一番誓堵鼠洞的宣言，足以体现出她势必缩减花销的坚强意志。而在这一“堵洞”过程中,首先出现在千代理眼前的便是家庭账簿。

从此开始,妻子认真记起了家庭账簿。仅从表情上看,千代理便足以感受到妻子的焦躁不安,她总是一副恨不得将所有头发都抓光的模样。毕竟这是她第一次整理家庭账簿,难以入手是可以理解的。敲一敲计算器、翻对一下发票、详查之前的记载……也许是在核对账目时遇到了重重麻烦,妻子不止一次烦躁地将家庭账簿合上,但是片刻之后她又会重新将其拿起。

偶尔,千代理深夜醒来饮水,依然能够看到妻子伏在餐桌之上与家庭账簿苦作对抗。每每当他问及妻子为何不早点去休息睡觉时,妻子便会回答:“我首先要了解钱究竟是怎样花掉的,才能更为有效地堵住老鼠洞。”随即她又会闷闷地说道,“这件事情做起来真的很不容易。”

对于这个家庭而言,资金的入口处只有一个,但是出口却多达二十余处。倘若细究之下,这一数字也许还会随之增加,甚至有可能会达到四十余处。因此,要将这些内容一一记下,并对其进行分析、整理绝非易事。简而言之,妻子所要表达的意思是她目前的“工作”非常繁琐、复杂。

其实,倘若太过繁琐是完全可以弃之不理的,但是妻子对于理清账目似乎已经锁定恒心，大有不达目的誓不罢休之势。她毕竟看到了丈夫为这个家所做的努力，因此决定与丈夫共同承担起家庭负担。更何况，此时他们的孩子已然嗷嗷待哺，并且将来孩子还要入学，可谓负担不轻。

出于上述原因，清晨，千代理时常会在餐桌上发现妻子在烦躁之中扯下的一堆头发。“一堆”这一量上的错觉令千代理越发感觉妻子很可怜。弱者啊，你的代名词便是女人！因此，倘若自己的奥菲利亚因为与家庭账簿的相互角力而谢顶，身为哈姆雷特的千代理必然会心甘情愿地为妻子购买一顶假发。

妻子当然不会知晓丈夫的这种想法，她一直在集中全部精力制作家庭账簿。妻子不仅反复核查家庭账簿、翻找裤兜及钱包，甚至还从角落中、柜子下搜寻出一把又一把的硬币。随即她便失笑道：“翻出这些硬币，家庭账簿终于能够核对上了。”

妻子称，在此之前她并未意识到，将这些零钱全部积存起来每个月竟能达到 1.2 万元之多。当然，这也只是小钱而已。倘若是以往，秋长美不会这般感慨，但是自从整理家庭账簿开始，她对于每一笔钱都十分看重。例如，每月报纸费用可以购买多少个苹果、多少根大葱，而且还会留有多少剩余……产生上述想法以后，这部分零钱在秋长美心目中的地位便由轻量级转而成为了重量级。这也正是她对于千代理的解释。

很快，妻子便专设了一个储蓄罐，平时将硬币存入其中，前往市场时再取出使用。为了尽量削减不必要的即兴消费，妻子每次出门购物时均会事先制定一张购物表，买过东西以后她也一定不会忘记索要收费单，而且很快她便将此养成了一种习惯。

出于不懈的努力，她终于得以将自己的家庭账簿整理完善，每个月的支出也巨细无遗地记录其上。算起来，这正是她整理家庭账簿两个月以后所收获的成果。此后所要做的便是找出家庭开销中的不必要支出，然后如同堵鼠洞一般严丝合缝地堵其堵死。

妻子开始雷厉风行地将鼠洞一一找出并全部堵死，对待它们的态度也毫无差别性可言。首先被堵住的鼠洞便是外出用餐费用。原本，千代理在开始理财以后已将外出用餐次数由每月四次减少为两次，但是妻子依然将其直接减少为每两月一次。考虑到妻子此次的决心，千代理别无他言，唯有感谢她未减少为每 3 个月一次。

随后遭殃的鼠洞则是千东基代理的零用钱。它已然由每月 20 万骤降为 15 万，对于千代理而言，这仅能满足他的伙食费用而已。

幸好,千代理的交通费不在此计算之内。另外,妻子又要求千代理尽量不要往家中打电话,有事时只用短信联系即可,据称是为了节省通信费用。

因为千代理已经决定进行理财,是故妻子的这些举措对他而言无甚坏处,自然谈不上有所反对。反而,他似乎应该表示支持才对,至少站在理性的角度上考虑应当如此。不过,他的内心深处却并未感到有几许愉快。可是,妻子的所做不正是自己一直以来盼望吗?

"自己省钱的时候尚毫无感觉,有时甚至会认为自己蛮了不起的。但是当妻子开始省钱时,尤其是在她处处节减开支以后,我的心情越发不佳。憋闷、厌烦、焦躁……有时甚至会想,难道一定要如此生活吗?"

"同样的方法,自己做便称之为浪漫,别人做则为不道德,是这种情况吗?"

"是啊!无论如何,我并不喜欢妻子变成泼辣的家庭妇女。该怎样描述呢?或者可以说是丧失了女人味!"

"听到过这样一种说法吗?女人是弱者,但是妈妈则是强者。如此看来,你并未做好真心接受这一变化的准备,似乎还应该继续加强学习。"

已经在家中不断学习了……用洗脸水洗脚，再使用洗脚水冲马桶或拖地。周末帮助妻子打扫卫生时，为了省电甚至要使用扫帚和簸箕，而并非吸尘器一类的家用电器。

外出时拔掉一切电源已然成为基本守则。此外，若别无他事，仅为问安而向家乡打电话，则只能选择在妻子统一安排的周末特价时段通话。

不仅如此，妻子的节减措施可谓层出不穷。千代理认为，妻子的变化足以证明一个道理：只要拥有明确的目的以及足够的意志力，你便可以在这个世界上寻找到任何你所需要的信息。

原本每天都会转动两至三次的洗衣机被她改作一周一次，并且从洗衣机中流出的污水她会用来清洗阳台，冲洗后排出的污水再做拖地之用。需要购物时，她则一定会选择在特价时段前往超市，而家中的生活用品也迅速换作了refill制品(可再利用物品，如充电电池等)。

孩子的衣物与玩具大部分是她由亲戚或熟人处借来的，注射预防疫苗时她也会选择价格低廉的保健所。

眼见妻子迅速化身成为吝啬女，千代理不禁怀疑，这么多年以来妻子是否一直在披着羊皮生活。这一次之所以请高课长喝咖啡，正是为了解答自己的疑惑，但是高课长却反过来责怪自己没有为此作好准备，还应该继续加强学习等等，从而也就出现了上面的几段对话。

正当他的情绪陷入低谷时，妻子忽然发来短信。

“今晚早点回家吧，我为你准备了烤肉盛宴。”

怎么回事？千东基代理顿觉双眼一亮。

秋长美此时不是正如一颗新星一般，在吝啬女的世界中日渐生辉吗？居然会主动制作丰盛的烤肉大餐？难道西出的太阳又重新自东方升起了吗？为了你这句话，今天我无论如何都会准时回家！嘿嘿！

对于妻子为何在化身吝啬女以后再次戴回面具，千代理绞尽脑汁也想不出个所以然。将高课长的说法延伸，难道她由弱女人进化为强妈妈以后又重新退化成弱女人了？倘若果真如此，千代理就再也不会感到憋闷、厌烦、焦躁了！可是在千代理内心深处，却隐隐产生出几许失落。

不对，此时最为重要的并不是心情如何，而是下班以后要立即回家！千代理似乎已经闻到了烤肉的香味。度日如年般挨到下班时间，千代理迫不及待地离开了自己的办公室，随即他便被吸入地铁之中。

一个小时之后，千代理走进了家门，他果然闻到了浓郁的烤肉香味。这表明妻子已经变回弱女子的烤肉香味令千代理沉醉其中，他不禁欣喜地走入了厨房。哇！今日晚餐果如妻子所言，的确是真正的烤肉盛宴。除了猪肉、牛肉、鸡肉，竟然还有鸭肉！

“今天究竟是什么日子？竟然准备了这么多种烤肉？”

“并非什么特殊日子！你先去洗漱，一会吃烤肉时再发感慨吧。”

“真儿呢？”

“在里屋睡觉呢。”

千东基代理轻手轻脚走进里屋，在熟睡的女儿额头上轻啄一下，随后便走进浴室冲洗身体。刚刚一路小跑而归，腋下几乎浸满了汗水，因此淋浴时他备感清爽舒畅。洗漱过后，千代理步出浴室，一眼便看到已然放在餐桌上的各色烤肉。面前的烤肉盛宴，令千代理忍不住大咽口水。刚一坐下，他便立即用生菜包好一块烤肉送进嘴中。味道真不错！

妻子满意地看着千东基代理将各类烤肉逐一品尝一遍，随即也提起了筷子。此时，千代理再一次追问起制作烤肉盛宴的缘由。妻子一边嚼着烤肉，一边高声回答：

“今天我在整理冰箱时发现冰箱内有许多碎肉！作为妻子我真是不够称职，竟然一直想着到肉店去买肉，根本没有将这些碎肉放在心上。不过，不管怎样说，有了这些碎肉，这几天我们均无须担心没有菜吃了。”

“你，你……”

内屋中突然传出孩子的哭声，千东基代理就此停止了话题。妻子则在第一时间奔入了屋内，而孩子的哭声也随之戛然而止。此时，千代理终于得以将未说出口的话语全部说完：

“……你的确是一位妈妈，一位异常坚强而又勇敢的妈妈！女人？还有什么弱者可言……”

chapter 11

理财战士千代理惨遭卸甲

"全社会都在关注温室效应、京都议定书等等关乎生态环境的话题，可是你们为什么偏偏执著于驾驶这些车辆呢？"

每当目睹各类轿车拥堵于马路之上时，千东基代理便会极其自然地吐出这句话来，仿佛自己从未驾驶过轿车一般。不过，此时他的确已经习惯于乘坐公交，周末未能触摸方向盘便感到周身不适的症状也早已消失不见。

不开车则无须支付冗余的额外开支，偶尔徒步而行更加有益于身体健康……既然好处多多，又何乐而不为呢？还开车做什么？

今天，千代理也在尽情地享受着这诸多益处：清早乘坐地铁上班、下班后则改乘公交，最后徒步五分钟到达与大学同学约定的处所。不过，此次聚会并非是同学会，充其量只能说是几位交好的老同学偶然一聚而已。

千代理到达指定地点时，已经有四位老同学恭候于此。倘若加上千东基代理，则已有五人聚齐，也就是说仅差一人而已。千代理入门后与诸位同学高兴地互打招呼。在这几位同学中，有人结婚颇早，如今已然是两个孩子的家长，有人则新婚不久，尚处于浓情蜜意之中。当然，此处也不乏与千代理一般初为人父，正沉浸于天伦之乐中的角色。

虽然众人的结婚时间以及生活方式各不相同，但是在面对家人、工作、金钱这类主题时，彼此间的共同语言依然很多，颇有“英雄所见略同”之感。

“新婚的感觉如何啊？”

“这还用多问吗？自然是你侬我侬了！不过我要郑重地提醒你，一定要趁此机会多多享受一下二人世界，否则等到你们有了孩子，这种甜蜜的日子将会一去不复返。”

“老人们正不断地催促着呢，嘱咐我们说年纪已经不小了，应该抓紧生一个小孩。”

“那是当然，如果你不希望自己在送孩子去读大学时被当作他的爷爷。”

“东基最近过得怎么样？你应该是在去年这段时期做的爸爸吧？”

“准确地说，是在12个半月以前。不过，我现在确实感到有些担忧，我那孩子直至今日依然没有叫过一声爸爸。”

据说，小孩子一般在10个月大时就已经能够开口叫“爸爸”、“妈妈”了。可是千真至今为止，却依旧只能说出“manma（韩语中食物的意思）”。虽然秋长美固执地认为那正是孩子在叫她妈妈，但是对于希望早日听到“爸爸”一词的千代理而言，这远无法令他感到满意。

“你这个贪心不足的家伙，12 个半月还为时尚早呢，你又何必急于一时？我的外甥女 20 个月大时还不会说话呢。今年刚好是六岁，你知道她现在的绰号是什么吗？是‘小练歌房’！但凡在电视中出现过的歌曲，就没有她仿唱不了的。”

“真是不错！其实你也足以令人点头称羡了，如今甩手掌柜的大权已然在握！对了，大孩子是不是应该在明年入校？”

“嗯，所以感觉负担挺重的，日后的开销肯定会更加难以应付。”

“那么，为什么你们夫妻俩不全都参加工作呢？”

此时，他们所谈论的话题已经由子女开始转向工作与金钱方面，这无疑是令他们感到最为关注的问题。毋庸置疑，在现实生活中品尝人生百味、为求生存辗转奔波，正是处于这一年龄段的他们所共同拥有的生活写照。

“贱内最近似乎也准备找份工作，不过对此我并不十分清楚。在此之前一直与柴米油盐打交道的女人，走出家门又能做些什么呢？”

“如此说来，唯一能够支撑家庭开销的就是你的薪水？”

“扣除各类令人眩晕的花销，我那人见人怜的月薪也就所剩无几了，又何以成为家庭的支柱呢？我倒认为理财才是我此时唯一的选择，目前日夜缠绕着我的问题是如何走进理财之门。”

“你说得非常正确，我们这一年龄段的人确实需要通过理财为自己、为家庭积攒一些财富。据说，男人 40 岁以后再去拼搏便会感到力不从心。你们可曾听闻‘三重 70 投资’这一说法？”

转眼之间，席上诸人已然开始对于自己所了解的理财知识大论特论起来。当然，这其中绝大部分只是由他们道听途说而来的。

那么，究竟何为“三重 70 投资”呢？即支出每月薪金的 70%进行储蓄，再将储蓄款的 70%用于投资，接下来取出投资的 70%作购买股票之用。然而，众人对于此答案的反应可谓是消极之至，支出一半薪资已然颇难应对，又何谈 70%？

继而，他们又提出名为“4-2-4 战法”的投资方案，即将每月所得薪资的 40%用于偿还债务，20%用于储蓄，另外 40%则用于日常消费。这一方案，无疑更加符合当前状况，较之上法也更为切实可行。

“资产三分法”是此后所提出的又一主要观点。即若持有富余钱款，则将其均匀分摊到股票、地产、积蓄三个方面，如此方为既可剪除投资风险又能够保障经济收益的理财方法。不过，该方案则必须要在保证经济富余的前提下才能够得以实现吧？

"100－年龄计算法"这一理财方法纯属友情出演而已。该方法主张，将100减去年龄所得出的数字当作收益类投资的资金比率，而剩余部分则用于稳定投资。由于在座各人年龄一致，经过计算得出，每个人均要将"100-34=66"百分比的资金投入到投资之中。哎！这与前面提及的问题如出一辙嘛！至少也要有投资资金作为保证才可以吧！

不过此时，千代理却暗自兴奋不已。对他而言，这无疑是一个可以将近期所学的理财知识大肆炫耀一番的绝佳时机。此外，尚有一事令他颇感兴奋，那位迟迟未到的同学终于出场了，他，就是许世万。

有东基在的地方，必然不会缺少世万的身影。早在大学时期，这便已经成为人所共知的常识，因此许世万也就顺理成章地加入了这个小团体。由于许世万的到来，众人之间又出现了一段短暂的寒暄。喧闹过后，千代理抓住时机迫不及待地开口谈起了定投基金：

"……想要加入，最低限额只有10万元，因此你们没有必要感觉困难重重。我们可以这样去想，将这10万元交给基金专业人士支配，他们再用其购买三星、浦项制铁公司等股均几十万的绩优股。如此一来，我们亏损的可能性则小之又小了，而且它的收益要比银行目前4%的利息还高出一筹。例如三星，它的平均收益率为9%，远远高于银行的4%。

“当然，也有可能出现因为投资失败而导致本金亏损的现象，而且此时我们甚至无法得到任何补偿。不过，倘若你能够将这种情况视为必要风险，我依然劝你尝试一下定投基金。因为在目前这种持续低息的环境下，即便你选择将钱款存入银行，结合物价上涨的比率进行计算，你几乎也毫无收益可言。”

千东基代理提出的最终观点是处于低息时代，大家应该选择定投基金作为最佳理财法进行理财。待到众人将此完全消化以后，千东基代理首先观察了一下众人的反应，然后才将变额寿险娓娓道出，并将其称作是保障理财成功的盾牌。

“……目前在市场上出现的变额寿险达数十种之多。刚刚已经谈过，它们虽然名为保险，但事实上却是以股票及债券投资为运作模式进而获取经济利润的。就目前状况而言，致力于股票投资的一些变额寿险已经在最近三个月中创造出了超过20%的经济利润。当然，股价暴涨是成就此事的根本原因所在。

“不过，我们也没有必要因为不断变化的收益率而时喜时悲。事实上，在订购年限达到十年以上，即便是即时收益率为负数，原有的保障内容也是能够得以保证的。据我所观察，在众多基金运营时间达一年以上的商品中，尚未曾出现年均收益率为负数的现象。”

“股价普涨时债券便会呈现下降趋势，债券普涨时股价则会对应下跌。出于这一方面考虑，对于我们这些学徒者而言，将两者并用各取长短的混合性商品才是我们的最佳选择。”

虽然不无“捉鬼新手足以害死人”的嫌疑，但是千东基代理依旧在这群理财门外汉中一举成为了理财战士。一手牢握名曰变额寿险的盾牌，一手高举称作定投基金的长枪，千东基代理顿觉自己威风无比。

“帅啊，千东基！”

“厉害，你这个家伙，从何时起学会了这么多？”

“东基，我将钱交给你，你来帮助我打理如何！”

正当千东基代理的形象逐渐趋于高大之时，冷然间身旁闯出一个大煞风景的家伙，他便是许世万。

“仅此而已，谈不上真知灼见。你的原意不就是购买保险、投资股票吗？喂，要知道保险和股票并不是今时今日才突然出现的，如果真的能够依靠它们发家致富，那么整个韩国估计已经富豪遍地了。不要再提这些话题了，我们还是继续喝酒吧！”

你，你这个讨厌的家伙！此话无疑是给了千代理当头一棒。自古以来，人们对于未知事物往往会产生好奇心或是恐惧感，而千代理的本意则正是希望利用大家的好奇战胜内心的恐惧。可是现在，许世万却偏偏站出来对此横加破坏。

这个讨厌的家伙本就生于富豪之家，而且目前正经营着一所效益颇为可观的超市，无论大小也是一位社长级的人物！一个不足称道的上班族与其针锋相对，试想观众会站在哪一边呢？答案显而易见。天杀的！传说中的魔鬼都跑到哪里去了，为什么不将这个家伙抓走！

许世万当然不可能被魔鬼抓走，也不会立即破产，众人自然而然地附和了他的提议，纷纷将手中的酒杯举起。千代理此时也放下自己的盾牌与长枪，转而进入了酒战，酒席气氛渐入佳境。时间在觥筹交错中悄然流逝，不经意雅间的预定时间已然迫近，餐桌上的食物也所剩无几，于是他们只能略带几分未尽之意走出门来。

22 点 28 分。这一时间可谓不早不晚，倘若前往他处继续饮酒也无不可。不过考虑到翌日尚需工作，或是已不想继续狂饮，他们最终还是决定就地解散、各自归家。正当他们互作告别之时，一辆车身黑亮的高级轿车缓缓驶来，在接近众人时收油、刹车、稳稳停住。

"我叫了代理司机过来。那，大家路上小心一点。喂，千东基，你与我同路而行，就坐我的车回去吧！"

啊哈，喝酒时还要将车唤来？不过，这辆车以前似乎并未见过，应该是新近购买的。对了，他是说要我乘坐这辆车？对于千代理而言，此时即便是将钢刀架在他的脖子上，他也决不愿意接受这一邀请。不过，许世万使用的并非是钢刀，而是停放于眼前的高级轿车，因此拒绝一类的话语着实难以出口。虽然心中十分不爽，但是他依旧勉强坐了上去。哎呀，天杀的！坐席还蛮柔软的嘛！

“这辆车真的不错。”

毕竟是免费乘坐高级轿车，千代理嘴上不得不恭维几句。

“买回来已经有一周了。预作打算时主要考虑的是车辆的安全性，所以我原本准备购买一辆进口车，不过忽然想起有一位亲戚在从事这方面的业务工作，所以便从他那里买来了这辆国产车。想不到驾驶起来感觉非常惬意，发动机杂音极小，靠垫也异常舒适，如同移动沙发一般。我想两三年之内应该不用换车了。”

管它是沙发还是长凳，千东基代理此时只作一副细心倾听的样子，一路寡言少语。必须应付时，他也刻意缩短语句。“嗯”、“是啊”、“当然”、“那当然”……车辆刚刚驶过许家超市，许世万便主动邀请千代理前往家中继续饮酒，而千代理则以家中尚有他事急需处理为由，委婉地拒绝了许世万，然后逃一般跳下车来。

十足的扫兴鬼！正当千东基代理恨恨地望着渐行渐远

的黑色轿车时，通往住所的公交车缓缓驶入了车站。上车以后，千代理径自走向后排，寻了一个空位便端坐下来。在返家的这段路途中，他的双眼一直默默地注视着车窗外忽闪忽现的灯光，心情也变得格外酸涩、失落。恍惚间他突然觉得，自己那平淡无味的 34 岁人生似乎也在随着朦胧的灯光摇曳不定。

正在千东基代理独自迷茫、感伤之时，一阵真切的震感霎时侵入了他的神经系统。千代理猛然一惊，迅速将手伸进裤兜。原来，已被调为震动响铃的手机正不甘寂寞地宣告着自己的存在。千代理随即取出手机并翻开机盖，将听筒凑近耳边。哦，是妻子打来的电话。

“聚餐还没有结束吗？”

“已经结束了，正在返家的公交车上呢。”

“是吗？我要送给你一份礼物。你将耳朵凑近一点，知道吗？”

这个女人究竟在讲什么呢？午夜礼物？千东基代理几乎忍俊不禁。下一刻，他强忍笑意侧耳等候着妻子的后话。

“真儿，给爸爸打电话了……来，叫爸爸，爸……爸！”

电话那端经过片刻沉默，随即传来真儿清晰、可爱的声音：

“爸爸！”

别人家的小鬼在 10 个月大时就能够咿呀出音的话语，此时千东基代理终于得以如愿以偿地亲耳听闻。由于太想早日听到此话，千代理之前根本就没有心思细究孩子学会的第一句话究竟是“manma”还是“妈妈”。可是现在，这宛如天籁般的声音却真真切切地在耳边响起。

爸……爸！嗯，是爸爸！真儿，你的爸爸千东基在这里！

“你听到了吗，老公？”

千东基代理此刻激动得难以言声，只是紧紧地将手机贴在耳边，眼睛下意识地望向窗外的灯光。原有的失落与酸涩仿佛也在瞬间变得异常美丽、温暖。

所谓魔术的魅力也不外乎如此吧，34 岁的千东基代理已然被 12 个半月大的小魔术师所施展的咒语深深迷惑。此时，他的嘴角早已咧到了耳边。

chapter 12

首次购买股票的战绩为倾尽积蓄

“这些钱是从哪里来的？”

盯着妻子秋长美递来的薪水存折，千东基代理不禁惊讶地问道，而妻子的回答则令他感到惊之又惊。

“这便是我在以往十个月中堵老鼠洞获得的成绩。”

存折余额一栏上清晰地写着 4 002 000。是 400 万？千代理甚至对自己的视力产生了怀疑，妻子节省下的钱款竟然比自己的月薪尚多出 170 万，这实在令他感到难以置信。更何况，这只是她作为家庭主妇，在十个月的时间内，仅仅凭借堵老鼠洞所积攒的“巨资”。10 个月 400 万，那么每个月则至少要节省 40 万，如此说来她所添堵的岂止是一般的鼠洞，而应称作硕鼠洞！

千代理忆及自己曾经腹诽过妻子，不禁为此羞愧不已。此时，他终于清楚地认识到，省钱与赚钱相比同样重要。因为产生了全新的认知，千代理的目光则更加无法从手中的存折上移开。这时，他的耳边忽然传来妻子的声音：

“你有什么主张吗？将这笔钱取出来，投入到基金和保险中如何？”

“那应该也是一种不错的做法，不过……”

千代理犹豫了一下。在学习理财的这段时光中，他已经锁定了自己的关注目标。略微夸张一点说，这可是他目不旁移地盯学而来的。所以，此时他不禁产生出一试牛刀的念头。俗话说就汤下面、趁热打铁，此时不提，更待何时？至于妻子能否同意自己的提议，那则是后话了。

“我们将这些钱用于购买股票如何？”

“购买股票？”

“嗯，在这段时间里，我接触了一些炒股技巧。”

“据说，有很多人因为炒股而导致家破人亡呢……”

“那肯定是因为他们未曾学过炒股便盲目跟风，所以才会一败涂地。我与他们可大不相同。”

妻子皱起眉头陷入沉思。千东基代理认为此时正是千载难逢的良机，既然她未曾加以严词拒绝，而是显露出犹豫不决的神色，则说明能够得到妻子首肯的概率还是颇高的。千东基代理不失时机地向妻子灌起了迷魂汤：

“许多人都将炒股比作是赌博，其实这是因为他们并不了解股票的缘故。股票运作在所有投资中最为简单明了，只要低进高抛即可，关键在于低进高抛的程度有所不同而已。以最低价位买进然后再以最高价位抛出，这乃是所有炒股者梦寐以求的事情。

“若想达成这一目标，控制自身贪欲实为重中之重，而且可谓行之不易。有时人们会因为企图以更低价位买进而错失获利良机，有时则会因为希望以更高价位抛出而延误出手时机，从而导致投资失败。在股市中，这种情况时有发生。因此，炒股时不能够奢望天上掉馅饼，而应准确、稳妥地进行投资操作。只要能够做到这一点，人人都会获得赚钱的机会。这便是股市的魅力所在。”

“能够赚到钱固然是好。不过倘若你去炒股，那工作该怎么办？”

“这非常容易解决。我只需在晚间定好所要购买的股票，然后直接挂单即可。在公司中，我便利用午餐时间进行操作。”

“既然你有意炒股，那就不妨一试吧。不过，可千万不要泥足深陷啊。”

“你就放一百二十个心吧！我千东基怎会如此呢?！”

不知千代理是否清楚，他越发自信满满，妻子便越会为之担心。不过，翌日他便意气风发地开始为踏入股市之门预作准备了。首先，他前往附近银行开户，办理证券委托手续，随后便登录该证券公司的主页，申请加入会员。

接下来，他又下载了股票交易软件，并将之安装在电脑上。在通过认证以后，千代理便从原银行账户上转出 400 万至新办理的证券委托账户中。当然，他也未曾忘记为公司电脑安装股票交易软件。至此，他已然作好了一切出征准备。

炒股之初，千代理在投资时主要以绩优股为主，力求稳定。由于公司中过往人员过多，尤其又需时刻提防部长的眼睛，因此他根本无法实时掌握大盘动态，是故唯有选择这种购进后可作长期观望的股票。因为太过注重股票的稳定性，其趣味性自然而然便被忽略了，股价一如腹胀的蜗牛一般，升势缓慢无比。

千代理翘首以盼这只缓缓而行的蜗牛会在某一天突然加速冲刺起来，但是他终究未能如愿。在经过一段时间以后，千代理开始选择主动出击，以全新的姿态去探索股票世界的乐趣。那是他接触炒股三个半月以后的事情，在此之前他已然忍耐了很久。与绩优股相比，发行量较小且股价波动颇大的股票，正在逐渐满足着他的好奇心。由于股票发行量小，而且变化频繁，因此千代理必须实时进行管理。于是，即便是在公司，他也要打开一个小窗口，开始偷偷地炒股。

所谓切不可将所有鸡蛋均放入同一个篮子中，千代理在炒股时也严格遵守了分散投资的原则。另外，由于一直以来他并不贪心，只将每月获利目标定为投资额的 10%而已，因此得以风平浪静地度过了一个半月的时间。当然，这也出于他对自身欲望的强烈控制。此刻，他的账户上已经拥有了 450 万元的金额，这可谓是初战告捷。

此时，千代理的自信心获得了极大满足，而他也终于开始了自己的冒险历程。当然，他无非是想借此发泄一下近日所积存的郁闷之情而已。在此前的几次股票投资中，股价分明正呈上涨趋势，而他却因为稳妥起见的想法急于抛售，进而一次次错时良机。

首次冒险出击便为他带来了极为可观的经济效益，于是在此后的几天中，千代理颇为自鸣得意，认为自己已经具备了天才般的投资嗅觉，时刻沉浸在即将成为富豪的美梦之中，那颗 34 岁的心脏也无时无刻不在快乐地飞翔着。

但是仅仅度过了一个星期而已，这种仿佛会延续千年的快乐已然荡然无存。伴随着此次失败的到来，他那天才般的投资嗅觉以及富豪美梦也与股票一同被抛售一空。

原有的 450 万骤然降至 50 万，只残留下本金的 1/9。丢失本金为千代理带来了极为惨痛的教训，于是他唯有选择在开户整五个月以后，黯然地退离股市。

每每妻子问及炒股事宜，千代理只是推说情况进展非常顺利。当此话出口以后，千代理总是会为之深深自责。那可是妻子耗时十个月辛苦积攒的400万，竟然被自己在五个月内挥霍一空……思及此处，他则更感痛惜不已。其实在炒股的五个月中，他无非是在最后的一星期里大意失荆州而已！一直以来，他都在为这一星期中的放纵与草率深感懊悔。

很明显，亡羊补牢，为时晚矣。自从退离股市以后，千东基代理便逐渐回到了原生活轨迹之上。虽然偶尔依旧会引颈观望一番股市的变化，但是他终归不能脚穿拖鞋参加百米赛跑。就这样度过了五个月零一周，千代理终于迎来了新的契机。

为之提供契机的是一位新近加入团体聚会的老同学，其人自称目前就职于世峰电子，由于听闻此处有团体聚会便主动前来参加。因为一度关注过股市，是故千代理知道世峰电子的财务状况十分糟糕。

“工作如何？据闻贵公司状况近来不容乐观？”

“嗯，所言非虚，不过这种状况似乎很快便会有所改善。之前由于国内市场不景气，所以公司将主要精力放置于国外，如今我们终于接收到了南美方面的确认函，要知道这可是近200万台电脑的申购单呢。据我所知，双方目前正准备签订最终合同呢！”

“此话当真？”

“当然是真的。由于此事的感染，近期公司内的气氛异常活跃，而且已经有一部分职员乘机飞抵当地，准备在需要时提供人力支援。再过几日，公司便会将这一消息公之于众。”

倘若他未曾说谎，那么这无疑是一个绝佳的机遇。世峰电子的股价目前已经跌至谷底，如果此时加以买进，不久后必将大赚特赚。如此，不仅能够挽回上次的经济损失，甚至有可能会出现盈余。这个买卖，值！

千代理的内心变得异常焦躁。若想购进股票则需要一定量的资金，而问题的关键在于资金问题究竟该如何解决。伸手向妻子要钱无异于是在自打自脸，她必然会追究前400万的去向。经过千思万想，最终千代理决定使用负数存折提取现金。负数存折的额度为1000万元，目前已经使用了300万，也就是说还能够再透支700万元。

虽然明知此举不妥，但是此时此刻他也别无他法可行了。如果预测无误，数天以后他便可以将这些钱如数还清。这一次千代理不再犹豫，他迅速前往银行提取了700万现金，随即全数购买了世峰电子的股票。由于他所选择的是可以双倍使用本金的信用交易，是故他共计买入了1400万元的股票。

刚刚购进不久，同学所“提供”的内部消息便被公布出来。世峰电子的股价随之以惊人的速度向上攀升，迅速涨停。“倘若没有制定限于15%的涨停规则，它的股价也许还会继续上升。”望着涨停的股票，千代理深感遗憾。

正当他的心情逐渐由遗憾向期待进行转化时，一则突如其来的新闻不亚于晴天霹雳，狠狠地击中了他，千代理一言未发便訇然倒地。据该新闻阐述，世峰电子目前正面临被划入经管黑名单的危机。据世峰电子上一年经营业绩的统计结果显示，该公司竟然出现50%以上的资产亏损。在区区几日之内，媒体对于世峰电子的评价迅速完成了由地狱至天堂、再由天堂跌回地狱的转变，其速度远比KTX高速列车更为迅疾。

千代理顿觉眼前一片黑暗。这一次可是信用交易啊，绝对不能再出错了……虽然在第一时间便挂上了卖单，但是他依然辗转反侧，难以入眠。草草吃过早餐，千代理迅速赶往公司静待9点钟的股市开盘。果然如其所料，甫一开盘世峰电子的卖单便层出不穷，而他那可怜的1400万股票根本就找不到出逃的缝隙。

此后的两天中，世峰电子的股票均以跌停收场。傍晚时分播出的一则新闻则使千代理多少产生了些许期待，新闻内容是“世峰电子即将推出解决方案”。

不过令他备感无奈的是，证券公司为了回收700万的信用资金，在翌日一开盘便强制性地将他的股票以跌停价挂了上去，并且迅速完成了交易。此时，千代理唯有眼睁睁地看着自己的700万就此消失无踪。

对此，千代理既感无奈至极却又无力回天，但是在妻子面前他却只能装作若无其事。虽然曾经打算通过自首争取宽大处理，但是此次损失数额实在过于庞大，若是加上之前所亏负的400万，他共计亏损达1100万之多，如此，即便是自首也必然难逃严惩。

之所以能够只手遮天，那是因为天空太过遥远，发生在地面上的事情任你千般封盖也难以遮掩。

不多时，证券公司便将股票交易明细送到了千代理家中，而秋长美也终于得以获悉事情的真相。一般情况下，秋长美都会原封不动地将邮件交给千代理。可是这一次她却心血来潮，先行拆开了信封。瞬间，一个和睦、幸福家庭平地刮起了龙卷风。700万、1400万……在清晰明了的数字面前，千代理无可遁形，只能一五一十地坦白一切。

一直在为成功堵住老鼠洞而颇感自豪的秋长美因此大发雷霆。这如同费尽周折驱除了小鼠，反而迎来了危害更大的硕鼠一般，谁又能不为之气结……妻子当时便收拾起行囊，抱着女儿回到了娘家。千代理根本不敢去硬拉妻子，只能在一旁支支吾吾地辩解着。吱吱！

缺少了妻儿的房屋顿时显得凄凉无比。千代理由卧室徘徊到厨房，又由厨房辗转到客厅，最后索性回到卧室中翻滚起来。偶然，他发现了妻子留下的家庭账簿。于是，下意识地他将那本厚厚的家庭账簿翻开。账簿上铺满了芝麻般大小的字体。

怎么全部都是小额数字啊。1600 元、1000 元，竟然还有 150 元……支出部分包括伙食费、小区管理费、服装费、车辆维修费用、通信费、网费、固定电话费、外出就餐费用、交通费、家庭零用支出、父母零用支出、报纸费用、医药费、各类保险费用、贷款利息、基金以及其他费用等等。

难道说，她不仅将家庭开销全部记于纸上，而且笔笔皆清、毫无遗漏？这真是一位值得尊敬的妻子。除此之外，账簿上还存留着秋长美的一些随笔。

在前往超市的途中看到了热狗!真的很想吃一口……不过我还是忍住了。加油,秋长美!这1000元不仅可以购买两袋方便面,并且还会有100元的剩余呢。

淑姬,她要为小女儿举办一个周岁宴。哎,宝贵的5万元如此便不翼而飞了!我一个月的零花钱也随之付之东流了……死丫头,要不然我也生一群儿女报复她?嘿嘿。

很久没有看到如此伤感的电影了,我的泪水一直无法抑制地流淌着。这其中有66%以上是感动的泪水,还应该有33%为快乐的泪水吧?其实这本碟片是从隔壁京伊妈处借来的,我只是借过来看看而已,当然,代价就是要由我去还。啊,我的情感,肯定有1/3已经被金钱所榨干了。

我可能是不小心感染了风寒,不过从冰箱中取出了生姜熬汤,喝过以后感觉轻松了许多!哈哈,又赚到了!如果去医院看病,诊费加上药费肯定需要1万多呢。嘿嘿。最近有些为老公担心,他似乎很久没有吃到什么有营养的食品了,不然就用这省下来的钱买只鸡,为他熬汤喝?

千东基代理忽然间感觉双眼有些酸涩，似乎有什么东西撞入了眼中。难道是飞虫？也许正是由这密密麻麻的字里行间飞出的小虫吧……糟糕，此时连鼻子也开始酸胀了，看来这只飞虫还颇具神通呢。

对于这些飞虫，千代理毫无办法可言，只能任其不断地撞入眼中。忽然间，他发现家庭账本已经被染湿了一角，只是不知究竟是眼泪还是鼻涕。看着被妻子添堵的毫无缝隙的鼠洞，千代理顿感无地自容，仿佛自己就是一只硕鼠一般，在迷途中吱叫不停……

对客户千东基的第一次监测结果

●监测时间:2000 年 1 月至 2001 年 12 月。

●现金资金的变动如下:

1.变卖轿车、还清连带保证款:620 万元(增加)

→500 万元(轿车)+120 万元(连带保证款每月利息为 5 万元×24 个月)

2.定投基金:336 万元(增加)

→每月投资 14 万元(放弃零存整取后的 5 万元和贷款利息减额部分 9 万元)

3.使用负数贷款投资股票:700 万元(减少)

4.夫人的省钱式理财:280 万元(增加)

→每月 40 万元(共七个月)

5.薪水增加:332 万元(增加)

→230 万元(平均月薪)×6%(每年上升率)×24 个月

6.变额寿险:480 万元(增加)

→每月投资 20 万元(放弃零存整取后的 20 万元)

●该顾客的现金资产共计增加 1348 万元。

●以下内容仅作参考:

所交保险费属于保障资产,因此并未纳入现金资产;定期存折的解约金与信用卡等费用相抵消,因此也没有计入现金资产;生活费虽会因物价上升而有所增加,但可以与同期定投基金的利息部分相抵消,因此在计算时同样没有纳入。

chapter 13

找错兼职，后果很严重

“对不起！今天我很忙，下次再聊吧。”

高相斗课长再次说道。

每间隔一周，千代理与他的同事们便要在星期六加班工作。高课长一如既往地拒绝了千代理的邀请，刚一下班便迅速离开了公司。这种情形已经持续了3个月之久，早在3个月前，高课长便遵循起每日准时结束工作的原则，从不耽误片刻时间，也不知他究竟是要去追讨十年前的旧账还是害怕债主到公司讨债。

这一次，千代理怀着不惜供应午餐的心态去邀请高课长，其主要目的就是为了挖掘出他定时下班的缘由，但是依旧无果而终。目送高课长的身影从办公室消失以后，千代理此时能做的唯有收拾物品，尽快下班归家。正当他不急不忙地整理办公用品时，金代理走过来说道：

“喂，今天天气不错，况且我们也好久没有同聚了，一会一起去喝杯啤酒如何？顺便讨论一下时政！”

千代理猜测，高课长彼时的心情应该与自己此刻大致相同：

“对不起！今天我很忙，下次再讨论吧！”

被好奇心苦苦折磨两个月后，千代理终于得以获悉高课长定时下班的真正原因。那日，千代理结束了上午的工作，正在为午餐大费脑细胞，高课长忽然向他走了过来。此后发生的事情不禁让千代理大跌眼镜。高课长竟然邀他共进午餐，而且申明由自己买单。声名在外的吝啬鬼竟然主动请吃午餐！

仿佛已被“请吃午餐”的咒语所诱惑，千东基代理顺从地跟在高课长的身后。他一时间还没有准备应对这种突发状况的手册。不知是因为无话可说还是不晓得如何开口，千代理一路无语地随着高课长走进了一家饭店。

“是不是感到特别好奇？不明白我为什么忽然之间会请你吃饭？”

“是的，非常好奇！”

感到好奇的何止这一点而已，您赶快将为何定时下班的秘密告知与我吧。其实，千代理一直没有放弃对于这一秘密的探索，只要一有时间他便会去邀请高课长，只是高课长每次均以忙为理由加以拒绝而已。因此，对于高课长一到下班时间便火急火燎地离开公司这一现象，千代理的好奇之心与日俱增。不过，同时他又下定决心，除非当事人亲口将秘密说出，否则他绝对不会主动寻找答案。而今天正是一个千载难逢的机会，并且还伴有百年难得一见的免费午餐……

“今天应该是我第一次请你吃饭，也是我最后一次请你。”

“您的意思是……？”

“今天，我申请了名誉离职（自动提前退休）！”

“名誉离职？为什么会这么突然？”

“如今已经是企业结构调整频发的时代了，还有什么事情可以称得上突然呢？”

高课长的话不无道理。如今，社会上大兴企业结构调整之风，似乎它所使用的是强效电池，不仅强力且持久性超强。对于现时代可悲的人们而言，56、45、38等年龄段无疑是生活中的一个坎。而人所称道的名誉离职也早已与名誉二字毫无瓜葛，即便离职确实出于自愿，又有何名誉可言呢？

即便固守围城也无法看到更好的希望，莫不如披挂冲出，去开拓更为广阔的天地……绝大多数人在申请名誉离职时，不都持有这种想法吗？因此，对于这位放弃课长位置，提出名誉离职的43岁男子，千代理虽然能够给予些许理解，但更多的则是疑惑之感。即使高课长已然积攒下足以保证辞职后衣食无忧的财富，但是这又如何呢？千代理心中的疑惑依旧有增无减。

“那您离职以后有什么打算呢？”

“开一家面包店！”

“啊？面包店？”

千代理禁不住惊愕万分。在韩国，从业的自由性不会受到丝毫外界因素的干扰，无论高课长离职以后是去经营面包店还是炼铁厂，都不会有人过问。但是，在此之前千代理并未听闻高课长谈及自己对此有过接触，如今竟突然准备去经营店面。因此，对于高课长的这一决定，千代理颇感难以理解。

不过，这也只限于难以理解罢了，想象着高课长一脸面粉的样子，千代理终于忍不住失笑出声。高课长继续说道：

“三年前，我借给一个经营面包店的个体户 2000 万元。此人在五个月以前前来找我，央求我收购他的面包店，他只要求收回租赁保证金及设施费，至于拖欠我的债务，他会以放弃押金的方式进行抵消。对于他的这种做法我当时颇感好奇，此后才发现原来他具有一个独特爱好，致使自己欠下巨额赌债，所以，只能忍痛割爱贱卖面包店。

“在接受他的提议之前，我曾对该面包店进行过实地考察，并且对可能出现的商机进行了充分分析。面包店与居民总数达一千余户的几个小区相毗邻，地理位置尚佳。关键问题是在店铺对面便经营着一家著名品牌面包加盟店。物竞天择，适者生存，彼此间的竞争可预见，且必然会发生。最终，经过多方面的比较、分析，我自认此举可行性较高，便决定将他的面包店收购下来。

“租赁保证金与设施费共计耗费约为 1 亿 3000 万。收购面包店以后，我便聘请了专业面包师，开始正式运营。平时，店中业务由我妻子全权负责，周末则由我进行管理，至今为止已有五个月之久。我认为，在面包店的运营中投入全部精力的时机已然成熟，所以便申请了名誉离职。”

原来如此，每周六刻不容缓地离开公司原来是为了回去经营面包店。面包店主高相斗、面包商人高相斗……这些称呼听起来似乎都很别扭。但是无论如何，此事均足以令人拱手相贺。在当今社会中，辞职的同时搞定工作，不，是辞职以前便搞定工作绝非是泛泛之事。

在以往的五个月中，高课长一直忙碌于“兼职工作”，而此刻，他则由课长，不，是由“万年课长”转身成为了社长。千代理一脸艳羡地望着高课长。即使自己日后有机会升职为课长，或者担任更高的职位，退休一事均是无法避免的，而高课长却能够做到未雨绸缪，将退休后的生活道路彻底铺平。思及此处，千代理不禁对高课长油然升起一缕敬意。

“若是出于这种理由，那您的名誉离职足以配得上‘名誉’二字。衷心地祝贺您！”

“祝贺倒不需要。其实我一直对你怀有一种亏欠感，在这段时间中并未为你提供一个好的建议。”

“那下次见面时，您送给我大量免费面包就可以了。”

“我全当没有听到这句话。”

似乎毫无负罪感，也不存在丝毫留恋，高课长在月末时便离开了自己工作15年之久的大方物资公司总务部。按照高课长的个人意愿，那晚的送别会只是以简单的晚餐形式举行，没过多久便草草结束了。众人的面部表情一如这份晚餐的分量一般，格外轻松。虽然名义上是为同事送别，但是他们的普遍反应无非是“吝啬鬼要离开了啊”，少有人为之留恋地叹道“啊，真的就这样离开了吗？”

情况之所以如此，主要原因在于高课长自身。若要加深与同事之间的交情，请客吃饭、喝酒、共同玩乐可谓再平常不过。但是他却处处显露其吝啬鬼的本色，因此无人与其深交也不足为奇。但是这并不能责怪高课长，至少千东基代理如此认为。

每一个人都拥有自己独特的人生，“我的人生他人无法为之负责，只要不曾伤及他人，只要以认真的态度面对生活，我的人生便无可厚非”。话虽如此，但是在人生旅途中高课长依旧给予了千代理不少帮助。因此，在送别会上唯有千代理带着一脸沉重，并且为之感触颇深。他的内心中远不止于“真的就这样离开了吗”的留恋之情，甚至还产生出“不妨试学一次”的念头。

千东基代理想要效仿高课长的是利用业余时间做兼职工作。虽然不具备高课长那般另行购买一家面包店的能力，但是至少他可以寻找一份体力活。在网络及生活信息报上进行多番搜索、比较以后，他终于得以在一家颇具规模的鸡排店寻求到一份上菜工工作。工作时间为平日晚 8 点至 12 点，周末晚 6 点至 12 点，报酬为每小时 3000 元。大体计算一下，一个月也会有 40 余万的额外收入。

你认为 40 万不值一提? 那么你随处挖个坑看一下，肯定连 10 元钱都挖不出来!一想到下班以后的消费时间可以用来赚钱，千代理便为这 4 张 10 万元的纸币而感到异常高兴。无论他的动机何在，至少他是以这种心态去从事兼职工作的。

赚钱这种事情真不简单。为接受顾客的点单在餐桌间往来奔走、送菜、换炭火、添加小菜、拿走空碟子……这一系列的工作一如拧抹布一般将体力不间断地挤出。俗语说“花钱从来都要比赚钱更加容易”，待忙碌一天以后，他忽然觉得到这 40 万元实在少得可怜。

不过千代理同时认为，既然剑已出鞘，即便拔出来的只是一块生铁而已，也要将其磨利了再放入鞘中，如此才不会自感跌份。因此，在第二天、第三天乃至第四天，他一直坚持前往鸡排店，并且咬着牙完成了周六的工作。

周日晚，他依然为打磨自己的出鞘剑再度爬起，但是，随即便瘫然倒下，看来铁块已然未利先断。妻子慌忙奔向药店为其购买药品，并于翌日将其送入医院治疗。

第二周周二晚，依然被眩晕感与灼热感不断侵袭的千代理下班后径直来到了鸡排店，并在十分钟以后怀揣着 7 万 8000 元的血汗钱离开该处。

事后算起，医药费并一日的旷工费已然超出了 7 万 8000 元。一想到自己竟然花钱做兼职，千代理只觉头脑之中一阵眩晕，唯有俯下身体尽力使自己的呼吸趋于平稳。回顾一周以来的行径，千代理分不清楚自己究竟是在做兼职还是在自顾发疯。或许，因为此时的他正处于眩晕状态，所以才难以理清吧。

“你权当交纳学费了，而且还是非常廉价的学费！”

这便是高相斗课长对于千代理此次兼职行动所作出的评价。事实上，问题的关键并不在于学费是否廉价，而是千代理就此完全丧失了学习欲望。经历了此次医院之旅后，千代理对于兼职所持有的态度仅剩下“日后必须加以小心”及“对此没有半点自信”两种。

此次前去拜访高课长，正是希望能够从他那里获得相应的帮助及勇气，不过，映入千代理眼中的却是高课长那虽然微小却足以耀眼的成功。在六个月的时间内，高课长成功地将对面那家著名品牌面包加盟店变成了美容院，从而在那片小区中，他的面包店可谓一枝独秀。而他也轻描淡写地将自己的成功经验讲给了千代理。

收购面包店以后，高课长所做的第一件事便是多方搜寻一流面包师，并竭力将之请来共事。当然，面包店规模过小一度成为对方拒绝的理由，但是高课长却以业内最高年薪为诱饵，轻而易举地达到了自己的目的。

对于面包的制作及销售流程，高课长亲自确定了几项原则，其主要内容为使用顶级原材料进行面包加工、日制作量与销售量应大致等同、价格与对面面包店必须保持一致。另外，倘若当日尚存剩余面包，高课长便会慷慨地将其免费赠送给夜间光临的顾客。有人或许会认为如此经营必然毫无利润可言，可是事实上，由于对面面包店属于品牌连锁经营模式，是故高氏面包店的利润要较之高出一筹。而且，当时高课长尚未离职，因此他可以将月薪投入到面包房之中，做服务费之用。这般运作六个月后，对面面包房终于陷入无力支撑的境地，进而宣告关门大吉。如此一来，高氏面包店成为了“一方霸主”。时至今日，面包店日均销售额已经达到了70万元。

高课长最后谈道，在决定收购这家面包店以前预先对附近情况进行分析、制定相应战略便是他得以马到功成的原因。随后，他望着满面感动的千代理，向其提出了自己的忠告：

“你应该清楚，不仅仅是那些需要大笔资金的行业需要预先做好分析并制定战略，即便是兼职也不可忽视。自身兴趣与健康、目前及未来的工作……你必须认真地加以分析，只有在深思熟虑后方可付诸行动。

“试想一下，倘若要食素的人在排骨店从事工作，他的心情又将如何呢？如果以写作为生的人去从事体力劳动，又会怎样?他的身体能够持续多久?另外，如若举重选手去推销减肥产品，消费者能够接受吗？如此，反而会缩短选手的运动生涯。

“其实在工作之中，也存在合适与否的区别。倘若希望成为股票专家，那你则应该时常前往股票市场，而并非是果川赛马场。我要告诉你的就是这一点。”

倾听着高课长的话语，千代理不禁想到不久前的兼职。这一盲目举动不仅害他入了一趟医院，并且又因此耽误了一天的工作。可以说这完全是他没有考虑到自身健康及目前工作状况所致。并且，在从事兼职工作时千代理的心情并不舒畅，这无疑是一个不符合自身脾性的选择。

那么，是否与他的未来职业有关呢？答案当然是否定的。千代理既无资本经营一家鸡排店，也从未产生过这样的梦想。当时，他只是一见到这一兼职信息，便盲目地加以选择罢了，并未深究它是否适合自身现状。如今想来，这一决定不仅太过盲目，而且又令自己羞愧难当。不过，这无非是他多次败北以后的又一次失败而已……虽然如此，千代理依然感到无地自容，而高课长的成功则显得更加高大、耀眼，使其在羡慕之余不禁多出一份艳羡之情。因此，他不得不对不吝赐教的高课长深表谢意：

“您说得非常正确，我正是因为准备不足才会一败涂地的。这一次我权当是交纳学费了，而且是非常廉价的学费。”

“你认为，我的所言是否会对你有所帮助呢？”

“那是自然。”

看着千代理一脸尊敬的表情，高课长不紧不慢地说道：

“呵呵，既然如此，那你快点买些面包以作答谢吧！自古以来，世界上就没有免费的午餐。”

chapter 14

女儿的小猪钱罐与经济教育

课长这一职位空缺一段时间以后，坐上它的便是千代理。上次与高课长的交流，令千代理一度颇为慎重地考虑过兼职问题。不过当他升任课长后，便忽然忙碌起来，而他也需要加倍努力地去适应新的工作岗位，因此，对于兼职的兴趣也就逐渐淡化了。

事实上，使千课长发生改变的不仅仅是新的工作岗位，春笋般迅速成长的女儿以及因此变得凌乱且又温馨的家庭均在潜移默化中影响着他，而且这种影响所带来的变化对于千课长而言可谓至关重要。只是后者显效较为缓慢，因此不如前者那般明显而已。

出于这些变化，千东基课长经常就乖女儿的问题与妻子进行讨论。千真此时刚好五岁，不仅喜好“运动”，而且对于零食也怀有异乎寻常的兴趣。

“似乎已经到了对真儿进行经济教育的时候。”

“现在是否有些偏早？”

“还早吗?你知道与她年龄相仿的孩子一跳下幼儿园班车便会跑向何处吗？”

“自然是跑向妈妈了！”

“你说错了，是附近的超市！”

妻子此时已经养成了节俭的习惯，恨不得将一枚硬币掰成两半花，因此孩子们这种举动无疑会引发她的抵触情绪。如果说他们跑向超市的目的是为了买饼干吃，那么则可以认为他们已经产生了金钱观念，如此说来，妻子的判断也许是正确的。

“真儿也去吗？”

“她经常自然地跟着小朋友一同跑去，只不过会自己停下来而已，毕竟她手中没有钱。每每此时，她总是睁着大眼睛默默地望着我，央求我买东西给她吃。刚开始时她甚至还会撒娇，不过在得知撒娇无用以后，便只是这样一言不发地注视着我。”

“似乎，你已经开始了经济教育？”

千课长不由想起不久前在地铁中看到的一对母子，那个孩子约略长真儿一岁，刚一乘上地铁他便开始缠着妈妈要东西。似乎孩子刚刚喜欢上了某种东西，不过妈妈并没有买给他，而是直接将其拉上了地铁。

在地铁驶入下一站的这段期间内，孩子的妈妈为没有满足孩子的要求而付出了极大代价。千代理也是首次见到哭闹如此凶猛的孩子。虽然那位母亲又哄又吓，但是孩子却丝毫不为所动，大有不达目的决不罢休之势，甚至开始厮打妈妈。最后，他索性坐到地上号啕大哭起来。

哭闹不休的孩子、束手无措的妈妈、周围紧皱眉头的乘客……终于，地铁在下一站缓缓停下。随着地铁门的迅速开启，妈妈近乎拖拽一般将仍在哭闹的孩子拉下了地铁。

此后的情景虽然不得而知，但是千课长完全可以凭借想象猜出大半。孩子十有八九会如愿得到自己的所爱，哭闹声也会随之戛然而止。身为家长竟然对于自己的孩子束手无措，最终只能以完败收场。思及此处，千课长不由得露出一丝苦笑，所谓作茧自缚正是如此吧……由于此前一直无条件地满足孩子的要求，所以才会令孩子稍有不满便会哭闹不止。

“我准备日后每当真儿作出一件值得称赞的事情，便奖给她 100 元作为鼓励。然后我再对其加以教育，引导她将钱放入储蓄罐中，而不是跑去超市花掉。”

“如此一来，我们首先要为她买一个小猪钱罐吧？”

“你最好买一个大的。”

千东基课长谨遵妻命，果真去购买了一个较大的小猪储蓄罐送给孩子。买来储蓄罐以后，每当帮助妈妈打扫卫生、清洗碗碟、为花盆浇水或跑腿时，真儿均可以获得一枚 100 元的硬币。当然妈妈也从不会忘记附加奖励，那便是紧随其后的一句话：

“好了，现在你应该将钱扔进储蓄罐中！”

每次听闻此言，千课长都会感觉到一阵不快。事实上，由于工作过于繁忙，他几乎没有时间去关心女儿。因此，关于孩子的问题，尤其是在教育方面，几乎都由妻子一人决定。

无论千课长愿意与否，这已然成为了事实，而且他也无力去改变什么。每一次看着妻子教育女儿，他的心情都会变得非常复杂，这其中既饱含期待又不乏忧虑之情，在经济教育的问题上也是如此。有时，他会认为妻子的教育方法过于急进，几乎带有强迫意味。

千课长的想法是，零用钱究竟是用来购买零食还是储存起来，首先应由女儿自己决定。至少要先留给她一个选择的机会，矫正错误应该是此后的事情……

不过，无论是在心理方面还是在环境方面，妻子与女儿均存在密切的关联，因此要求她持有这种客观而又合理的自控能力，也许本身就是一种奢望。如果将二人立场进行调换，自己或许会变本加厉吧？正是出于这种想法，所以千课长对于妻子的做法一直采取默默观望的态度。

不过令千课长颇感高兴的是，在一段时间中真儿异常热衷于帮助妈妈料理家务。据千课长分析，也许是孩子认为将钱塞进储蓄罐较为有趣，或是在得到硬币以后感到非常满足，又或是帮助妈妈料理家务令女儿产生了自豪感。

总之，小猪储蓄罐变得越来越重。

但是，孩子们的热情终究只是暂时的，真儿自然也不会例外。经过一段时间以后，女儿对于帮助妈妈、获得零用钱、将钱塞进储蓄罐等一系列步骤在态度上明显出现了极大反差。此前因为感兴趣、高兴、自豪而显得异常明亮的小脸蛋逐渐黯淡下来，取而代之的是例行公事般的无可奈何。

某日，千课长回家以后发现真儿正在罚站。那脏兮兮的脸蛋，表明她似乎哭过。千东基课长不禁向妻子问起女儿被罚站的缘由。妻子并未立即作出回答，而是随手拿出两枚 100 元硬币。

“这两枚硬币怎么了？”

“这是从真儿的书包中找出来的。”

“真儿的书包中怎么会有钱？”

“今天我打电话给朋友，结果错过了接站时间。待我匆忙赶到班车站时，班车已然驶走，而且真儿也不见了踪影。正当我焦虑万分地四处寻找她时，却见到真儿与其他小朋友一同自超市中走出，口中还含着一块雪糕。

“一见到我，真儿明显有些畏惧。回家途中我询问她，买雪糕的钱由何处得来，她回答说是朋友买给她的。因为回答问题时声音很低，我当时便有些怀疑她是在说谎。到家以后，在为真儿取下书包时，我忽然间听到硬币的撞击声，于是便将书包打开，果然发现了两枚硬币。

“待我严加追问以后，她才不得已说出真相。原来，她在领到钱以后并没有直接将其扔进储蓄罐中，而是偷偷地藏入了书包。老天！小小年纪竟然开始学坏，不仅藏钱而且还说谎！这一次，我必须让她铭记这个教训！你认为呢？”

“她也许真的嘴馋了吧？小孩子本就是这样逐渐长大的，不是吗？”

“如果嘴馋就应该对我讲，而不是私自截留我奖给她的钱！”

“这是由于，她认为即便是对妈妈讲了也会无济于事。”

“你一定要如此溺爱孩子吗？既然做错了事，我们就必须要对她加以惩罚，以免她再犯同样错误！”

“清楚了，让我去与真儿谈一谈吧。”

千课长绕过情绪激动的妻子，转而来到正被罚站的女儿身旁，轻轻拉起她的小手朝外走去。在快餐店中，千课长为无精打采的女儿买来了汉堡与饮料，随后悄悄问道：

“真儿，你不喜欢存钱是吗？”

“嗯……”

虽然已经猜到答案，但是当孩子亲口承认以后，千课长依旧不由得一愣。

“这是为什么呢？”

“我觉得很丢脸。”

“丢脸？为什么会丢脸？”

千课长万万没有想到孩子竟然会作出如此回答，这不禁令他大吃一惊。虽然真儿尚且不明事理，但是也不应该讲出这般离谱的话吧？

“朋友们都叫我乞丐呢，笑话我没有钱买饼干！我不想做乞丐，太丢脸了！”

也许是在其他小孩吃饼干时在一旁盯着看或是向人家讨要了吧？然后便被小伙伴们嘲笑……

“原来是因为这样，所以你才将钱藏到书包中。就是为了向朋友们证明，我们家真儿不是乞丐，对吗？”

“嗯，对！”

孩子毕竟只是孩子，他们忠实于自身欲望，会立即对事物表象作出反应。因此，倘若因为没钱买饼干而被同龄孩子笑作乞丐，则必然会对存钱一事开始产生反感，甚至会感觉十分丢脸！千课长很希望能够安慰一下女儿那颗受伤的心灵，赋予她勇气。思考片刻以后，他开口说道：

“真儿，爸爸告诉你，我们真儿绝对不是乞丐！你现在存钱的目的是为了日后能够成为富豪。你知道成为富豪以后都能做些什么吗？到时，你可以去购买比此时好吃百倍的饼干，而且想买多少就买多少！这样一来，朋友们就会羡慕真儿了！”

“真的吗？”

“嗯，当然是真的。”

孩子的目光逐渐变得明亮起来。此时，她的脑海中一定会浮现出这样一幅画面：在自己面前摆放着大量的美味饼干，而朋友们则站立一旁吞咽口水。每一个孩子都拥有与自身年龄相符的梦想以及适合自身年龄的语言。而妻子却没有考虑到这一点，反而盲目地利用成人语言教育孩子，结果自然适得其反。

一段时间以后，千东基课长开始背着孩子缓缓踏上归途。没过多久，他便感觉到腰酸背痛，纠结的手指也开始酸胀不止。虽然如此，但是千课长的心情此时却显得异常愉悦，因为他觉得自己难得做了一次好爸爸。

思及自己带着真儿出门时正异常激动的妻子，千课长也找出了安慰她的方法。如此一说，他今天不仅仅是一个好爸爸，而且即将会成为一个好老公呢！

正当他思绪翩翩之时，孩子忽然在背上问道：

“爸爸！如果成为了富豪，我是不是还可以买其他东西呢？”

“当然了，如果成为了富豪，你想要买什么就可以买什么。”

“飞机也能买吗？”

“当然，飞机也能买。”

“大象呢？”

“当然能买，大象也能买到。”

“变身鬼与 Top Blade 龙也可以买吗？”

“嗯？当，当然可以买了。变身鬼与 Top……龙也可以买！”

“哇，太好了！”

变身鬼倒是曾经听妻子提起过，但是这个 Top……龙又是什么呢？估计是如今备受孩子们喜爱的漫画人物吧！当然，当然能够全部买到了！在自己的梦想中，你完全可以买下一切！不知不觉，能够买下一切的孩子静静地伏在爸爸的背上进入了梦境。

在梦境中，孩子应该已经成为了富豪，然后便买下飞机、大象、变身鬼与 Top……龙，异常幸福地享受着自己的生活！虽然背负着孩子那分量颇足的梦想，但是千东基课长却丝毫感觉不到疲倦。相反，他甚至感到，自己的背部因为孩子的美丽梦想已然渐渐漂浮到半空之中。

对客户千东基的第二次监测结果

●监测时间为 2003 年 1 月至 2004 年 12 月。

●现金资金的变动如下：

1.定投基金：168 万元（增加）

→每月投资 14 万元 × 12 个月

2.储蓄（零存整取）：480 万元（增加）

→每月将妻子省下的 40 万存入一年期存折。

3.变额寿险：1200 万元（增加）

→自第三年开始，每月投资 50 万元。（从最初的 20 万增为 50 万）

4.薪水增加部分：166 万元（增加）

5.升任课长以后薪水增加：420 万元（增加）

→每月存 35 万元（增加的薪水是 50 万，其中的 15 万用于维持脸面）

6.幼儿园：408 万元（减少）

→17 万元 × 24 个月

●该顾客的现金资产共增加 2026 万元。

●此后，子女的教育费用将是一笔不小的开销。因此若想达成十年期目标，夫人也需在外就业。

chapter 15

家庭幸福照事件

“真儿，今天我们一同去看看妈妈究竟是怎样工作的，好吗？”

“嗯，好啊，好啊！”

今年，真儿出现了新的语言习惯，那便是连续说“好啊”一词。因为这种习惯乃是进入幼儿园之后才产生的，是故千课长猜测应该是她在幼儿园中的朋友具有此习惯，而真儿则将其复制过来留为己用。

与此前的“好棒啊”相比，“好啊”则显得更为懂事一些，这令千课长颇感欣喜。但是与此同时，想到孩子撒娇的时光也所剩无几，千课长不免有些怅然若失……

在将餐桌上的剩余食物放入冰箱，并把餐具刷洗干净之后，千课长便带着孩子走进了浴室。为孩子洗过澡，他自己也大致冲洗了一番。随后，千课长便换上正装，拉起孩子的小手迈出家门。星期六的午后阳光分外明媚、耀眼，似乎也在欢迎这对父女一般。

正式实施双休日制度以后，周六便被千东基课长指定为陪伴家人的特定时段，而且此时真儿所在的幼儿园也会放假。唯一令人感到遗憾的是妻子不能与他们共同度过周末时光。

6 岁的真儿进入幼儿园以后，妻子秋长美也开始走出家门，寻找工作。在千课长五年之前制定的十年目标中，其中一项是将住房面积由此时的 60 平方米扩大到 110 平方米。

千课长的初衷是为老年生活预作准备。拥有了 110 平方米的房屋，另加上保险以及储蓄款，一家人的未来生活由此则会更加幸福美满，更为关键的是在进行老年生活规划时也不会受到过多限制。而若要达成这一目标，妻子必须迈出家门，寻找一份稳定的工作贴补家用。

十年目标的期限已然流过一半，但是妻子的工作却远不如想象之中那般好找。或者可以说，几乎没有一家公司愿意聘用她这样的家庭主妇。虽然早在结婚之前妻子也曾从事过一段时间的工作，但是这段经历对于寻找工作毫无用处可言。

上班一词与主妇之间距离太过遥远。虽有“精诚所至，金石为开”之说，但是必然需要以付出漫长的时间及精力为代价。

因此，秋长美决定自降标准。终于，她在一家百货商店中寻找到打零工的机会。当然，即便是这种机会也并非唾手可得，它也饱含了妻子的奔波、排队之苦。

以消费者与求职者两种不同的身份迈入商店，所遭受的待遇自然存在着天壤之别，前者宛如女王般高高在上，而后者则一如奴仆般处处小心。因此，在得知自己应聘成功的消息以后，秋长美显得分外高兴。虽然每天要朝十晚八地工作 10 个小时，而且只是日薪仅有 35 000 元的临时工，但是这一切丝毫不会影响到秋长美愉快的心情。

妻子工作以后，家庭生活分工出现了极大变化。首先就妻子一方而言，她唯有在周一百货商店歇业时才得以做回家庭主妇。其余时间，她只能在上下班前后对家庭表示一下关心而已。因此，他们急需有人填补妻子在这一方面遗留下的空白。

其实，做饭与打扫房间倒不成问题。蒸饭时可以使用电饭锅，菜也可以存放在冰箱中，如此，至少可以暂时性地解决问题。至于衣柜、墙壁、地板、天花板等需要清理的家庭设施，即便是每周进行一次大扫除也无不可。

问题的关键在于真儿，虽然妻子每日可以在上班之前将孩子送入幼儿园，但是真儿在下午 2 点半左右便会离园回家，这段时间又由谁来照顾她呢？而且出于对金钱的考虑，他们也无意聘请保姆。当然，千课长日日早退也算是一个办法，但是倘若如此还不如直接递交辞呈，留在家中做家庭妇男呢！是故，这一方案一经提出便迅速地被 PASS 掉了。

要不然妻子每天只工作到下午两点？如此一来她的日薪便只有区区 14 000 元，一个月则为 35 万元（每月工作日为 25 天），倘若最保守地划除 10 万元午餐及交通费用，便只剩下 25 万元余款而已。与其如此，还不如在家中做兼职，为毛绒玩具贴眼睛或是糊信封反而更好。

几经思考后，夫妻二人终于想到了一个对策，那便是拜托岳母帮忙。在千代理红着脸颊假意眺望远山之时，妻子对自己的亲生母亲实施了“软磨战术”。如此这般，因为拥有这样优秀的女儿、女婿，岳母得到了他们的恩惠，那便是每周二至周五下午，乘坐 40 分钟的公交车前往千课长家陪伴外孙女，然后以零用钱的名义领取每月 20 万元的报酬。也许是觉得这一价位过于低廉，千课长的脸红得更加厉害。

新的生活分工在经历短暂的磨合期以后，终于融为这个家庭的一部分。周六、周日便要在家中担任家庭妇男一职的千课长一直持有一种想法——带领真儿去看一看妈妈工作时的模样。因为真儿不仅对爸爸做饭一事感到颇为神奇，而且一直好奇妈妈究竟在做什么。

而今天，正是他将这一想法付诸行动的日子。妻子所工作的百货商店距家只有三站的路程。坐在公交车上，千课长不禁想起了自己与高课长就“带孩子看一看妈妈工作时的模样”这一问题进行讨论的一幕。

“此时她还小也许不会在意，不过再长大一点她应该就会知道妈妈的工作并不值得炫耀了。我担心，到时她会为妈妈的职业而感到羞耻。”

“这取决于父母对此的态度，所以你无须担心。如果父母非常自信，孩子必然也会极为自信。你寻找一个机会带她去看一看妈妈认真工作时的真正模样吧，这对于儿童教育而言一定是一剂良方。”

不过妻子的观点却与千课长大不相同。她认为现时代穿着时尚、金银缠身的妇女随处可见，因此她身着制服工作的模样极有可能会伤害到孩子幼小的心灵。

妻子不由提及去年发生的“零钱藏匿事件”，她认为之所以会发生此事，完全是因为真儿与其他小朋友相互攀比的缘故。虽然当时千课长成功地将真儿的攀比心理转化为对未来的期待，但是对于只有 6 岁的真儿而言，她必然难以接受社会上人与人之间的差距。

千课长感觉当年的“零钱藏匿事件”一定使妻子的心灵遭受了极大冲击，但是同时他也觉得妻子的话语不无道理。不过，千课长并不想将高课长的忠告当作耳旁风。难道因为怕下雨就不晾衣服吗？几经思考，千代理决定依然按照原定计划“晾衣服”，只是必须隐瞒妻子行事。因此早在出发时，他便不断嘱咐真儿：

“真儿，一会到百货商店我们不去找妈妈，只是远远地看一眼她工作时的样子，知道了吗？”

“为什么只能看看呢？”

“那是因为妈妈的工作非常忙。如果我们一直与她讲话，她也许会生气的。所以我们不能与妈妈打招呼，而是悄悄地看她一眼就走。你听懂爸爸说的话没有？”

“嗯，我听懂了。”

从公交车上下来以后，千课长便领着孩子来到了妻子工作的百货商店。正如千课长所料，由于处于周六假日，百货商店中可谓人山人海。很快，千课长便在拥挤的人群中寻到了妻子工作的身影。如此看来，即使妻子得知父女二人的到来，也难以抽出时间陪伴他们。

真儿目不转睛地远远盯着正向顾客介绍商品的妈妈，表情既惊讶又好奇。由于之前从未见过妈妈穿制服的模样，真儿此时的反应也在情理之中。千课长留给孩子充足的时间欣赏妈妈，然后便拉着她的小手离开了百货商店。

“真儿，见到妈妈以后有什么想法吗？”

千东基课长在询问真儿此时的感想。即使她不是回答“好啊好啊”，但是千课长也希望真儿能给予他肯定性的答复，能够证明妻子工作时的模样可以对孩子起到良性催化剂作用。

不过真儿却一直没有作声，只是频频回头望向人群中的妈妈，似乎不放心将妈妈一个人留在人群之中。千课长也效仿真儿的样子，心疼地频频望向忙碌于百货商店之中的妻子。

真儿此时一定感想良多吧？就如百货商店中拥挤的人群一般。对于真儿究竟会产生怎样的想法，千课长颇为好奇。因为好奇心太甚，他恨不得钻进真儿的心中一探究竟。实在忍受不住了，快些告诉爸爸吧！不过，也许孩子此时的想法过于复杂，使她无法用语言适当地表达出来。毕竟孩子尚且年幼，因此这应该便是正确答案了吧。也许需要经过一段漫长的时间，真儿才能够将自己的感想整理清晰，并将它深深印在脑海之中。

答案毕竟不是可以随意开启的罐头，最终千课长只能强力压制住自己的好奇心。即使压制不住又能如何呢？经过1个月、2个月，或是1年、10年，这段记忆也许就会被尘封在记忆深处，但令千课长始料未及的是，很快，真儿便鲜明地表达出自己的所思所想。而且，仅仅才过6天而已……

时间恍然而过，周五晚19点20分，千课长如往常一般下班以后在第一时间冲回家中，从岳母手中接过孩子。奇怪的是，他这次接过的不仅仅是真儿，而且还有孩子在幼儿园中所画的一幅图画。

展开画面，千课长顿有重石落地之感，这不禁令他倍加轻松、愉悦。约一小时以后，此画辗转到了妻子手中，妻子的心中也为之一颤，随即她便露出了一脸轻松、满意的笑容。令夫妻二人喜笑颜开的图画名为“我的家”。

画中共有三人，据夫妻二人猜测，处于两侧的应该是他们自己，而位于画像中间的小孩则必是真儿无疑。不过，在此画中最吸引二人眼球的当属是妈妈的画像。妈妈周身黑装，唯手腕处呈现一段白色，这正是她身穿制服时的模样。

令夫妻二人最为欣慰的是，画中三人均露出了开心的笑容。在这幅画上，三人互相携手笑意盎然，仿佛是在高喊“我们的家很幸福”！

自此次“家庭幸福照”事件以后，每逢周六，千课长均会在8点准时拉起真儿的小手前往妈妈工作的百货商店，待她下班以后一家人再手拉着手开心地回到家中。而且，这一做法很快便成为了千课长家每周一次的特定节目。

chapter 16

谁也挡不住妈妈的裙子风

“我绝对不能坐视真儿落后于他人！”

妻子的态度异常强硬，而且不含有丝毫服软的意味。当听到她在“绝对”二字上特别加重了语气，千东基课长也为其气势所慑，不由自主地打了一个寒战。这个女人真的如此过分？此刻，千课长犹如即将爆发的活火山一般，激动无比。

“她还没有开始上学呢！年龄这小的一个孩子，如果只是请位老师教她识字也就罢了，竟然还要让她学习英语、美术、钢琴？而且你又准备为她加上心算课程？你是不是疯了？”

“我现在十分清醒！我倒认为疯的是你，竟然阻拦我替自己的孩子请老师？”

千课长感觉自己的血压正在急剧升高，后颈也逐渐变得僵直，仿佛是在向妻子示威“如果你再惹我，我就要爆发了”！此刻，千课长简直无法相信眼前所发生的状况。在他的印象中，妻子秋长美绝对不是这样的人。她比任何人都要贤惠，并且懂得按照未来计划管理并调整生活。正是如此一个女人，自从陷入调教子女的怪圈后便逐渐失去了理智。

3月末的某个晚上，妻子苦笑着对千课长说道：

“我们是不是应该为真儿请一位语文教师?她都已经七岁了,可是依然不能流畅地阅读……”

在此之前,妻子还是正常的。

当时,千课长正在享用香气诱人的凉拌野菜和蒿汤。

倘若追溯到千课长的学生时代，进入小学以后才逐渐开始识字,实属正常不过。但是今时今日,由于大多数父母都重视早期教育，刚满五岁便能够畅读童话书的孩子,比比皆是。虽然略有差异，但是绝大多数儿童在上学之前均能够识别文字,而且这已然经成为了一种常识。

因此,翌年即将成为“学生家长”的千课长也一直在为真儿尚未完全识字颇伤脑筋，妻子的提议与其不谋而合。妻子似乎认为正是由于自己的工作所致，真儿才会出现这种状况,是故她的脸上明显带有自责之色。第二天,家教老师便为教真儿识文断字而登门拜访了。

从那一天起,真儿开始正式接受家教老师的教导。略逊于其他儿童的女儿，认为这一问题亟须解决的父亲，怀疑是因为自己的疏忽才会导致这种状况的母亲……因此,对这一家庭而言，请一位家教老师就如同为久不供水的花盆浇水一般,是一项非常合适且极为稳妥的决定。

可是,随后却出现了一系列问题。原本好端端地为花盆浇水,可是最终却演变成直接将花扔进水中。刚开始时,妻子觉得真儿需要加强学习的是语文，而且只是语文。但是，没过多久，英语、美术以及钢琴也都纳入了她的视线，而且现在竟然还打算加上一门心算！

千东基课长的心情也由初始的期待与观望，转变成了忧虑及担心，而今天则已然变为了愤怒！她究竟想要干什么？千东基课长激动之下竟然冲口说出一句欠妥的话语，而且还引来了妻子的反击：

"除去幼儿园费用之外，我们已经为孩子花费 30 万元了！你究竟想要干什么？为什么总是想要增加开销，而不是降低它？"

"既然你如此心疼钱，那就不要再管了！我会用自己赚来的钱为孩子请老师的！"

"我并不是想要与你分清钱财！"

千东基课长忍不住大喊起来，整间屋子仿佛都为之一震。暴喝过后，千课长的身体犹如闪电过后响起的雷声一般，无法抑制地颤抖着。妻子一脸震惊地望着他，她未曾料到千东基课长的反应会这般强烈。忽然，两人几乎同时发现，真儿正睡眼惺忪地站在门口望着他们。是故，二人之间的争吵不可能再继续下去了，更不可能再吼出声来。

千课长一把抓起挂于椅背的西服，气冲冲地离开了家门。自妻子准备好晚餐等他一同吃饭至此刻刚好十五分钟。摔门而出后，千课长忍不住狠狠盯向隔壁房屋。妻子之所以会变成这般模样，隔壁女人绝对难辞其咎。

似乎是叫京娥妈吧？京娥与他们家真儿同岁，也是一位女孩子。自从隔壁女人为妻子介绍了语文家教以后，京娥便成了妻子为真儿预设的追赶目标。不幸的是，这个目标也在一直向前移动。在京娥妈心中一定也存在着一个努力追赶的目标吧。

妻子准备跻身进入的队伍中，大部分人都在不断地观察和模仿对方，这群人即便只是滥竽充数也要全力入围，只有如此他们才会心安。他们排斥队伍之外的人，而自己也在队伍之中相互攻击，不是去袭击他人便是受到他人的袭击，玩“零和游戏”[①]……妻子试图努力进入的队伍，就是这般模样。

其实，千课长并不是不能理解妻子此刻的心情。事关自己十月怀胎一朝娩下的骨肉，世上又有几位母亲可以泰然处之呢？即使表面上装作十分镇定，但与那些为之疯狂的母亲相比也不过只是五十步与百步之别。

若是以往，遇到这类情况千课长必然会一马当先，背起

---

① 零和游戏是指一项游戏中，游戏者有输有赢，一方所赢正是另一方所输，游戏的总成绩永远为零。

孩子跑到一百五十步、两百步之外。在很久以前，他便曾就子女教育问题与高相斗课长展开过争论。

“不去考虑是非常困难的！尤其在关乎自己孩子成长的事情上更是如此。”

“我并不是让你放弃对孩子的期待与关心，只是想提醒你不要有过度的贪欲。”

高课长首先喝了一口水，在喉咙得到滋润以后，开始习惯性地举起例子。

“有一个孩子在圣堂做服事，而且态度非常认真。对于他的未来，其父母可能会产生两种期望。一是成为神父，一是成为教皇。

“其中，希望孩子成为神父可以说是一种合乎实际的期待，这种关怀没错。不过，希望孩子成为教皇的父母，其期望值则似乎过度了。因为，实现这一目标的可能性可谓微乎其微。不过，现在的父母却都希望自己较适合担任神父的孩子成为教皇。如此一来，只会令孩子感觉疲倦不堪，而父母的希望一旦落空，也只会感到十分不幸。”

千课长不禁认为高课长太过畏首畏尾，或者说他太过于注重现实中的可能性。即便可能性极低，也不能说完全不可能实现吧？向它发起挑战难道就一定会遭遇不幸吗？难道说即使是为了孩子，他也不想花费钱财？千课长感觉自己又一次领教了吝啬鬼的哲学观。忽然，他想起一个有关吝啬鬼的传说，该故事的主人公因为不想花钱买致命的药，最终没有死成。

“也不能够主观地论定父母不应该希望孩子成为教皇吧？有些人就是凭借 99%的努力加上 1%的灵感才得以成为天才的。只要尚具有 1%的可能性，就不会吝啬 99%的努力！这不正是为人父母应该抱有的心态吗？”

千课长略带讽刺地说道。对此，高课长回以一笑，继而答道：

“这的确是天下父母所共有的心态。不过，为什么一定要是 1%呢？只要你细心观察，就会发现 2%、10%，乃至 50%的可能性都是有的。如果你将时间与精力投入到此处，则只需 98%、90%、50%的努力便能够将自己的孩子培养成天才！

“我的意思是，准确选定具体的领域及种类，然后再进行投资。如果爱迪生的选择不是成为发明家，而是音乐家，他也许永远无法成为一位伟人。我认为，帮助孩子最大限度地发挥 1%的灵感，远比要求孩子付出百倍、千倍的努力更为重要，这才是成为天才的秘诀。

“而且，这显然要比盲目努力更容易取得成功。不过话又说回来，现今社会的主流现象不正是朝着那 99%的方面在发展吗？正因为如此，我们才需要付出更大的努力，才会有诸多人强调因为要教育孩子，导致自己没钱买房、没钱为老年生活作准备，‘生活是如此艰辛’才会成为众人挂在嘴边的话语，他们一直在喘着粗气过日子。”

教皇、爱迪生、妻子，以及隔壁女人也都在喘着粗气。千课长忽然觉得，所有人均排着队在喘粗气，唯有自己被他们排斥在外。不过，不是常说夫妇同心，雌雄一体吗？因此，他也应该被妻子拉进队列之中，只不过他是蜷缩在某处长喘而已。

此时，他的心情郁闷无比，同时还带有一些悲伤、气愤以及压抑。于是，他自口袋中掏出了电话。

“出来陪我一会吧。”

“今天我没有时间陪你，你还是明天下班以后再过来吧。”

啪！

被高课长拒绝后，千课长一时感到无所适从，不知道自己下一刻该前往何处。此时已然是夜晚 21 点 45 分了，难道就此回家？不！这绝不可能。最终，千课长选择前往蒸浴房过夜。

虽然并非休息日，但是蒸浴房内依然人头攒动。难道他们均是因为与妻子发生争吵才来到此处的？怎么都选择在这耗时间啊！千课长首先关掉手机，冲过凉以后便走进蒸汽房，蒸出了一身汗液，然后他又将自己泡在浴池之中借以除去满身臭汗。身上的汗水虽然可以清洗干净，但是内心之中的抑郁却无论如何也挥之不去。

因此，直至凌晨一两点钟，千课长仍然毫无睡意。无奈之下，他唯有在蒸浴房中四处游晃，偶尔走进睡眠室中休息一会，随即又来到锻炼室，在跑步机上强化腿部肌肉，直到前额与腋下渗出汗水为止。虽然他为了能够早些入睡施尽浑身解数，但是最终他依然未能如愿，反而却产生了饥饿感。他由家中掼门而出时，甚至连晚饭都没来得及吃，便直接来到了蒸浴房，是故此时感到饥肠辘辘实属正常之事。

千课长叫了五只麦饭石烤鸡蛋与一罐饮料，草草塞进肚中，随后回到睡眠室找个位置便躺了下去。闭目仰卧，总会睡着吧？这便是他此时的想法。但是不过片刻工夫，他忽然感觉心口有些难受。也许是刚刚吃鸡蛋时太过急躁，没有消化好。不久，他开始干呕，身体越来越不舒服，肚子也开始隐隐作痛。哎，看来想睡觉是不可能了！

为了缓解腹痛，他买来碳酸饮料试着喝了几口，随后又从小卖部职员处借来细针，刺破指尖，但是症状却丝毫不见好转。又过了片刻，他忍不住跑进厕所，剧烈地呕吐起来。因为下面堵着，所以这些秽物只能由上面排泄出来……

经过如此一番折腾，千课长悲哀地发现时针已然指向了5点。更加悲哀的是，经过剧烈呕吐之后，身体依然十分不适。

啊,他妈的!

不知不觉中,千课长迷迷糊糊地睡了过去。再次睁开双眼,已经是清晨7点50分了。在准备起身之时,他忍不住将手放到了下腹。原本堵在心口的东西此时已经转移到了肠胃,移动或按压都会令千课长感到疼痛难忍。因此,他只能缓缓地站起身来。

千东基课长步履蹒跚地走进洗手间,将头发和脸庞修理一番之后,便披上衣服离开了蒸浴房。在蒸浴房门口,他拦下一辆出租车,直奔公司而去。以千课长此时的状态,为省钱而挤公交车实在太过难为他了。在前往公司的途中,千课长只觉得下腹越来越痛。

待出租车在公司门口停稳后,千课长强忍腹痛走下车来,随后又艰辛地将自己挪进了办公室。屁股刚一挨到座位,千课长便直接趴到了桌子上。正当他满脸虚汗,在剧痛中饱受煎熬之时,发现此状况的职员立刻将他送到了医院。

医生的诊断结果是急性盲肠炎,需要立刻进行手术治疗。此后发生的事情千课长已然毫无印象,因为他早已昏迷过去。待其清醒之时,手术早已结束,接到通知的妻子也已经来到了医院。公司中的同事们很快便前来医院看望他,而高课长也在不久后出现在了病房之中。

了解大致情况以后,高课长与妻子之间似乎还进行过一段交流。千课长也是在事情过后，由妻子处得知他们的谈话内容的，主要是高课长在介绍，发生在他一位朋友妹妹身上的故事。故事内容大致如下：

高课长有一位好友，他的妹妹高中毕业以后一直赋闲在家。妹妹自上学时起便对学习毫无兴趣，毕业证也是几经辛苦才领到手中的。小时因为经常接受课外辅导，她的成绩还算过得去。不过，待其长大以后却因实在无法提起对学习的兴趣，最终连大学都没能考上。

仅仅凭借一张高中毕业证，她所能够选择的工作范围非常有限，在快餐店或便利店做小时工，对她而言就已经很不错了。不过，他的妹妹似乎对这些工作并不感兴趣，依旧待在家中，无所事事。某日，高课长的好友对于妹妹的做法终于无法再忍受，于是他将妹妹叫到面前，对她进行了一番说教。妹妹漫不经心地听着哥哥的教诲，最终说出了一句话："那就将我送到美容学院吧！"

其实，她并非真的对美容师这一职业感兴趣，只是拗不过周围人的劝说，因此便随便选择了一个职业。无论如何，很快她便在家人的催促下开始了美容学院的课程，结业以后则由学院介绍，来到一家美容室从事工作。

如此这般，大约度过了两年时间。某日，她偶然在美容室遇到了一位正在读大学的高中同学。虽然彼此是同学关系,但同时也是她的顾客,因此,她拿起了梳子与剪刀。其实,这种情况再平常不过了,但是她的心中却异常难过。

同学离去以后,她开始思考自己感到难过的原因。她一没有偷,二没去抢,而且在这一领域工作久了,理应产生些许自豪感才是,可是她却恰恰相反。

几经思索,她终于找到了原因所在,那是因为自己丝毫不认为美容师这一职业值得自豪,而且自己其实并不喜欢该工作。她开始重新在头脑中搜寻真正令自己感兴趣的领域,最终,她找到了答案,那便是英语。

上学时,虽然未曾刻意修习,但是她的英语成绩始终不错。因为虽对其他方面毫无兴趣可言,但在英语课堂上她却能够格外认真地听讲。当然,由于本身就反感学习,课外时间她也未曾用心研读过英语。

她认为,如果学习英语,自己则能够以极其认真的态度接受。而且,当今社会也十分重视英语人才,因此,若能熟练掌握英语,自己不仅可以获得不菲的薪资,并会因此产生出职业自豪感。

想到此处,她决定前往美国学习本土英语,而并非是在韩国国内。她认为,与他人相比自己毕竟落后了很大一段距离,若想超越别人,就必须依靠特别的学习方法。

于是,她将自己心中的想法及决心告知与家人。父母极力表示反对,他们不希望将一个大女孩送往远方,不过,哥哥的想法却有所不同。哥哥告诉她自己会说服父母,鼓励她按照自己的想法继续坚定地走下去。因为这是她第一次对于某件事表达如此强烈的热情,所以哥哥才会选择无条件地支持她。

此后,在哥哥物质与精神双方面的支援下,她终于如愿登上了飞往美国的飞机。抵达美国以后,很快她便开始一边刷洗碟子,一边攻读学业。她并没有使用哥哥寄来的钱,而是将它们全部存了起来。因为她认为,轻松的学习无益于实力的增长,而且在刷洗碟子的过程中,她还能够趁机学习到现场英语。

她不仅工作异常认真,学习也非常努力。来到美国的第二年,她便考入一所正规大学,开始了为期两年的学习生活,并且最终成功结业。结束三年的美国生活以后,她信心百倍地踏上了回国的航程。

回到韩国以后,她已然不是往昔一无是处的无业游民,也不是毫无热情可言的小美容师,而是转身成为了能力非凡、能够在社会发挥更大作用的实力派人士。

她成为了一名英语讲师。在美国努力学来的英语很快便为众人所认可,众口相传之下,越来越多的人前来向她学习英语。不久之后,她便赢得了一流讲师的地位及名声。

若是几年前她未曾作出这般抉择，继续着毫无目标与自豪感的美容师生涯，那么此时她必然只是一个平凡的美容师而已,甚至直到退休也不会有所改变。不过,伴随着她对自身兴趣的重新认识，以及对此果断、不懈的追求、努力,她的人生也随之大有改观。换句话说,是她的勇气和实际行动改变了自己的一生。

她以坚强的意志和勇气主动为自己开拓出了一条命运之路，进而跻身成为成功人士。如同别人永远无法代替你的生活一般，人生中的成功或失败皆源于自身。她通过自己的亲身经历有力地证明了这一道理。

妻子似乎从高课长的故事中受到了启发，第一次在子女教育问题上表现出了屈服姿态。当然，她屈服的原因也有可能是因为目睹了丈夫此时的惨状，以及她对丈夫那份深深的眷爱。

从此,她又变回了那位比任何人都要贤惠,并且懂得按照未来计划管理并调整生活的妻子。自调教子女的怪圈中脱身而出后,妻子秋长美非常理智地说道:

“我只留下了语文老师,将其他老师都辞退了。”

这是千东基课长在住院两天以后,首次听到的好消息。千课长将直接受益人——真儿叫到面前,低声问道:

“真儿，幼儿园放学以后你再也不用去学院了，是不是很高兴啊？”

“嗯，高兴，高兴！”

“那以后你只需要向语文老师学习就可以了，是吧？”

真儿并未作答，明显露出了不爽的神色。

“真儿，难道你并不喜欢学语文吗？你不想学写字吗？如果你不认识字，那你就不能读非常有趣的童话书和漫画书了。你悄悄告诉爸爸，除了语文以外，真儿还喜欢什么呢？”

“画画。”

“你喜欢画画？”

“嗯，喜欢，喜欢！”

千课长忽然想到一句话：

“兴趣乃成功之母。”

他一时无法想起自己究竟是在哪里见到过这句话的，但此刻最为重要的是，千课长忽然发现，真儿也许可以在绘画方面取得成功。

“……准确选定具体的领域及种类，然后再进行投资……帮助孩子最大限度地发挥1%的灵感，远比要求孩子付出百倍、千倍地努力更为重要，这才是成为天才的秘诀……”

难道高课长提到的2%、10%、50%的可能性对真儿而言就是绘画？啊！

千东基课长开始在心中热切呼唤恰好在此时前往洗手间的妻子：

“老婆，语文老师我们暂不去说他，那个绘画老师是不是可以重新请回来？”

chapter 17

我美丽的守护天使 原来就在这里

这是三年以来首次见面。虽然在此期间曾经有过两三次通话，但是因为彼此活动空间不同，因此很难见上一面。曾经的同事、与他共处的时间甚至要多于同妻儿、当时是竞争者、也是坚强的后盾……眼前一脸微笑的金代理在千课长心目中，就是这样一个人。

乍眼望去金代理似乎没有什么变化，不过千课长还能明显地看出，从三十有余至年届四旬这期间，岁月在他脸上所留下的痕迹。眼前的金代理浑身上下无不散发着中年人的气息。迎着他的笑容，千课长也回以一笑。

“还在那里工作吗？”

“嗯。”

千课长所指的是金代理小叔运营的泡菜工厂。虽然并没有在该领域崭露头角，也从未进入过行业排行榜，但是，据闻它是一家效益不错的企业，并同时为市内几家著名百货店提供货源。当年，为了前去该厂工作，金代理毅然递交了辞呈。

工作之初，所有人都气势如虹，仿佛要将整个中原攻下一般。但是时间不久，眼见一马当先的旗手纷纷被斩落马下,大部分人顿感心灰意冷。随后,他们眼中便再也看不到中原了,而唯有紧贴着的马背及牢牢抓住的马鞭。

其中一部分人由于不想再做旗手，所以便会与人交换马匹,而金代理正在此列。至于千课长,则是由于其身旁无可换之马，而且即便换马也无法保障自身安全，所以唯有伏于马背,紧握马鞭,向远去的战友频频挥动告别的手帕。

当时,千课长异常羡慕想走便能走的金代理。不过自己此时也已经升为了课长,应该说羡慕之情略有所减,但是当其看到金代理名片上耀眼的“部长”二字时,仍忍不住羡慕不已。

由于公司规模较小,而且社长便是自己的小叔,因此金代理名片上所注职衔是部长并不奇怪,即便是印上“理事”二字也无不可。虽然一再以此安慰自己，但是千课长内心中的羡慕之情依然不断泛滥。因为只要金代理不触犯致命错误,他几乎不会存在落马的可能。

“你现在还需要做苦力吗？”

因为公司规模小，是故金代理曾经抱怨说自己经常要从事体力劳动。

“还不是与以前一样。不过现在已经掌握了要领,而且也轻车熟路,所以不似以往那么辛苦罢了。”

金代理忽然伸出双手,将手掌平摊在千课长面前,问道:

“你知道我现在用这双手来做什么吗？”

那是一双布满划痕、裂印、老茧的手掌，看上去粗糙而又结实，彰显着劳动者的本色。虽然说动动笔、敲敲键盘也属于劳动之列，但是金代理所从事的工作显然不似这般轻松，这双手与白领的手掌相比，差别实在太大。

用这双手做什么？无非就是做苦力。虽然心中这么想，但是面对着一双如发酵泡菜一般散发辛酸气息的手掌，千课长久久无法开口。自眼前这双手中，千课长仿佛看到了以往三年中金代理所遭受的一切辛苦。望着沉默无语的千课长，金代理忽然又开口问道：

“你仍在做理财吗？”

“当然，不过你为什么忽然提起这个问题？”

“因为，我这双手现在所做的也是理财。”

并非苦力而是理财？金代理做理财？就用这双手？不过也是，如千东基这般几近一无是处的人都能够理财，金代理又为何不能呢……问题的关键是，他倾向于哪一方面的理财呢。理财的种类实在繁多，因此金代理近期究竟比较热衷于哪一方面的理财还需他亲自说明。

“听说过 REIT 吗？”

“不就是房地产投资信托基金吗？”

所谓 REIT，是指信托公司将投资者的资金代投到房地产中，然后再将收益分配给投资者的一种间接投资商品。

千课长只是听闻而已，对它不甚了解。由于对其并不关注，是故只是了解一些皮毛而已，而了解不足则会令他越发不去关心 REIT。但是此刻，听闻金代理所选择的理财方式就是 REIT，千课长对于个中详细顿时兴趣倍增。

“去年，由于我需要四处寻找适合新建工厂的场地，所以倍加留意与地产相关的信息及知识，REIT 正是在那时引起了我的兴趣。”

既然准备新建工厂，那便意味着工厂运营状况颇佳了？看上去，金代理也正在向 REIT 阔步迈进呢，如同日益壮大的泡菜工厂一般。

“感觉如何？有赚头吗？”

“一般而已，分红收益率只有 11%。”

金代理一脸遗憾地说道。

“什么，11%你还感觉低？在当今这个社会上，11%已经很客观了。”

与 4%的银行利息相比，这又何止两倍之多，金代理竟然仍感觉低……千课长几乎要冲口而出“那你把它转让给我吧”。

“我当初也有这种感受。哇，11%！我眼光真独到，一眼便选上了这么优秀的投资项目。不过不久以前，我的想法开始完全转变了。”

“为什么会改变想法？”

“因为出现了收益率更高且极具诱惑力的投资项目。”

收益率究竟有多高啊？竟然说极具诱惑力……据金代理介绍，新投资项目的分红收益率为 20%。千东基课长不禁有些怀疑自己的耳朵，20%？开什么玩笑……不过金代理的玩笑却并未就此结束。

“他们即将上市了，据说到时股价至少会比上市价高出 10 倍。”

千课长顿感心跳加速，10……10 倍？俗语说玩笑过头就有可能变成真话。此刻，千东基课长虽然明知不应该，但依然满脑充斥着分红收益率 20%、股价上涨 10 倍的念头。正当他的理智尚有几分犹豫之时，心却早已飞向了那极具诱惑力的投资项目。下一秒，他迫不及待地冲口说出：

“金代理，你将我也带上吧！”

带上我一起朝着那极具诱惑力的投资项目前进吧！但是，在金代理携他同行之前，千课长首先还需要迈过妻子那一关。老婆，可否允许我与他同行？下班以后刚一进家门，千课长便开口说出正熊熊燃烧于他内心之中的、极具诱惑力的那个名词：

“老婆，你听说过 REIT 吗？”

“如果你当真那么感兴趣，那就尝试一下吧。”

尚未开始进行坚定而执著的正面进攻，只是轻敲几下房门而已，妻子便轻松地应允了。呵，真的好奇怪……不仅如此，当千东基课长小心翼翼地提出1000万这一数字时，妻子依然二话没说，一口答应下来。早知如此就应该向她提2000万！

几天以后，千课长迈着自信的步伐，跟随金代理来到信托公司主管REIT业务的部门办公室。在那里他了解到，这次机会远比想象中更加值得相信，更加值得付诸行动。确实百闻不如一见啊！

在那里，工作人员将当初举行投资说明会时，向参会者分发的各项资料交给了千课长。他们即将推进的工程是，购进行政城市周边岛屿上准备用于开发娱乐项目的土地。

由工作人员递来的资料中，千课长看到一段有线电视画面录像。此录像中所出现的地产专家专门针对该岛附近地区进行了详尽介绍，并一再强调该处值得进行投资。阅读这些资料以后，千课长对于他们的信任大有所增，在他看来完全没有必要再去犹豫。于是，千课长将自己带来的1000万韩元，直接委托给了对方进行投资。

很快，千课长又感觉到有一点可惜。即便高涨十倍，他的收益也无非只有1亿元而已。此机会可谓千载难逢，我是不是应该再大胆一些，放手一搏？只要筹足1亿元，届时会变为10亿！10亿可是跻身富豪之列的门槛啊，达到10亿以上就需要交付遗产税！啊，哪怕只是想一想，就令人激动不已的10亿！

问题的关键是，他能否筹够这1亿。如果将基金、保险、零存整取的存款全部取出……千课长也不清楚究竟能够凑足多少，只有等到回家以后再与妻子商量一番了。

此次回家，千课长的心情也如上次一般万分激动，刚一进家门，他便准备与妻子商讨追加投资之事。不过这一次，妻子却没有留给他丝毫商量的余地，她气愤地说道：

"你是不是发烧了？"

眼前人已然不再是轻敲几下房门便可予以应允的妻子，千课长对于妻子的变化感到十分愕然。正在千课长独自发呆之时，妻子冰冷的声音在他耳边继续响起：

"你知道前几日我为何会轻易答应你吗?那是因为在这几年中，你真的很辛苦，而且你的表现也确实令我对你产生了些许信心。可是此时看来，似乎是我想错了！你一点都没有变！"

虽然在猝不及防的情况下遭遇当头棒喝，但是这并不足以熄灭千课长心中熊熊燃烧的烈火。因此，千课长将上次准备使用的绝招全部施展出来，秉持着坚忍的意志开始对妻子一次又一次地发动全面攻势。也许真的很生气，妻子的声音也显得火药味十足。

"你认为用1亿赚取10亿易如反掌吗？那不是投资，

而是赌博！即使真的能够赚到 10 亿，我也绝对不会同意！牵涉到赌博的事情我坚决抵制！我绝不希望由一场非输即赢的赌博来决定我们家的命运，这绝对不行！”

“我只是希望锦上添花而已，怎么能够说成是赌博呢？应该说这是一次很好的机会，同时对我们而言也是一种幸运。无论从哪个角度上看，这次必然大有可赚，只是赚多赚少而已。所以，你就再听从我一次吧！”

第二天、第三天，千课长继续向妻子频频发动进攻，并且最终获得了成功。不过，这次成功严格地讲并非是全胜，而是由妻子的妥协及咒骂来宣告进攻结束。妻子一边将存折、证书及房产证扔给他，一边骂道：

“你全部拿走吧，随便你怎么使用！不过你如果真的使用了它们，从那一刻开始我与你就是陌路人！”

说完此话，妻子便怒气冲冲地回到了卧室。站在卧室门口，千课长听到了由屋内传来的咳嗽声。不知为何，从昨日开始真儿就一直在咳嗽。历尽艰辛终获成功的千课长内心之中也不由得咳嗽起来。

翌日，千东基课长借外出之机来到了银行。虽然妻子那番话语令他略有些犹豫，但是千课长认为只要撑过这段时间，一将 10 亿元拿到手中，妻子必然也会随之眉开眼笑的。

领号之后,千课长便倚在座位上静等。时间慢慢流逝,终于,其中一个窗口叫到了他手中的排位号。千课长起身快步朝窗口走去,正在此时,他的手机大响,电话是岳母打来的。

"女婿!我与真儿现在正在家附近的一家医院中。"

据岳母所言,由于真儿的咳嗽症状变得越加严重,而且伴有高烧,所以她便将孩子领到了医院。医生在为真儿进行检查后告诉她,这种情况极有可能会转变成肺炎,劝她立即让孩子进行住院治疗。仿佛是当头一棒,千课长茫然地立于原地半晌未动,随即他疾步朝银行外的停车场奔去。窗口仍在叫号?不重要了!

"据医生称,只需接受三天左右的治疗,病情应该就会有所好转……"

当千课长见到随后跑来的妻子时,本想与她说句"不用太担心",但是妻子却将他视作空气一般,径直跑向了孩子。此时,真儿已经注射了抗生素,正处于熟睡之中。千课长压制住隐隐冒出的怒火,由病房中走出。再忍耐一段时间吧!望着夜色渐起的窗外,千课长如此想道。

当晚,千课长最终被一身是刺的妻子赶回了家中,独卧孤床。翌日清晨,他前往医院看过真儿以后,便径直来到了公司。而妻子则是在医院中过夜,早上再将孩子托付给来到医院的岳母，回家以后简单梳洗一番便去百货店上班了。可以说，千课长与妻子就如同分站在平行线上的两个人一般，彼此都错开了在医院照顾孩子的时间。

来到公司以后，千课长依旧蠢蠢欲动。虽然妻子曾经提出如若继续投资便与其离婚，但是千课长仍准备前往银行取钱。正当他申请外出，准备离开公司的那一刻，金代理忽然打来了一个电话。

千课长是在走出办公室以后，才接到此电话的，话筒中传出金代理无精打采的声音。不过他所讲述的内容却具有无比震撼的力量，令千课长呆立良久。

这又是怎么一回事？在电话中，金代理只说了一句话："我们都被骗了！"是故，千代理这次银行之行又未能如愿，他转而乘坐出租车赶往前日曾拜访过的那间办公室，啊啊！真他妈的！

"应该是夜间逃跑的，昨天傍晚他们还接过我的电话呢。"

那些人确实是深夜逃走的。当千代理到达那间办公室时，此处已然快被闻风而至的投资者挤满了。也不知是谁的杰作，几乎所有的玻璃窗都被砸得稀巴烂。千课长与金代理犹如两个稻草人一般在那里呆立半晌，最后还是决定先众投资者一步离开。出来以后，两个人径直来到了附近酒吧。

“警察说了些什么？”

“听他们的意思，似乎是告诉我们不要抱太大的希望。在这一类诈骗案中，绝大多数犯罪分子往往早已为自己安排好后路，因此想要抓住他们异常困难。”

“直到此刻，我仍然不敢相信！连电视节目中都强调他们即将展开的工程很有发展前景，这怎么可能会是诈骗呢？”

“录像也是那群该死的东西编制出来的！这家有线电视台根本就不存在！我们全部都被那群鼠辈欺骗了。”

千课长顿感浑身无力，之前燃烧的激情此时也只剩下了灰烬。他的心情不由得变得异常失落，半晌未曾言语。良久以后，他深深地叹了一口气，不知是在为那被骗走的1000万而伤心，还是为自己没有将全部财产都扔进去感到庆幸。

忽然间，千课长又开始为金代理感到担心。他这一次可是将自己的全部财产都投入了进去，如同电影中的赌徒唆哈一般。想到金代理的损失以及他所受到的打击，千课长觉得自己这点钱实在不值一提。因此，此刻他必须安慰一下金代理。

“要快一点抓住那群该死的家伙，不然损失实在太大了……”

“就是啊，本打算趁此机会大赚一笔，然后就出去独立，没想到会是这种结果。唉，看来我是无法摆脱民工命运了。”

金代理苦涩地笑了一下，一口饮尽杯中白酒。随后稍感

轻松地说道:

“没有办法了,我只能去求小叔帮忙,他总不会坐视自己的侄子陷入困境吧?”

“那……那倒是。”

千东基课长顿感冷汗直流,随即便觉得应该得到安慰的人并不是金代理,而是自己。的确如此,虽然金代理的全部财产都打了水漂,但是在他背后尚有一位坚强的守护天使。而损失1000万的千课长却连一只供自己依靠的臂膀也没有。

今天,千课长不禁再次想起自己三年以前的失误,他忍不住为自己的愚蠢自干了一杯。思及自己连一只可以依靠的臂膀也没有,千课长又一次一饮而尽。他感觉自己真的非常令人讨厌,而眼前正是他借酒浇愁的好机会。可是无论他怎样狂饮,头脑却依然无比清醒。最后,他犹如喝白开水一般,一口接一口地将白酒灌入自己的肠胃。但是,越是痛饮,他的心情便愈加苦涩,而酒却仿佛变得越来越甜。

午夜后的病房非常安静。不,是整间医院都显得异常寂静。千课长静静地望着灯光下熟睡的真儿与妻子。昨天,妻子也许也是这般入睡的吧?此时,妻子趴在病床上,虽然姿势看上去令人感觉十分难受,但是她睡得却很香。

不知是灯光问题还是其他原因,在千课长眼中,妻子与真儿此时仿佛都在晃动。望着熟睡中的母女，千课长忽然很想为她们唱一首催眠曲。不过，倘若将人吵醒，就不能称之为催眠曲了，因此，千课长只有压制心中的歌唱欲望，在内心之中默默地吟唱着……

歌毕，千课长的心中逐渐温暖起来。也许正是出于这份温暖，他感觉刚刚需要借酒才能浇熄的愁绪似乎没有那般严重了，至少他能够忍受得住。此刻再向妻儿望去，千课长忽然间发现了刚才不曾看到的景象——熟睡之中的二人俨然就是自己的守护天使，也是他可以随意依靠的臂膀。

以意外患病的方式拯救父亲，阻止父亲将全部家当扔进水中的真儿！虽然丈夫经常出错，但是一直坚强地陪伴在丈夫身旁的秋长美！对千课长而言，她们便是自己的守护天使，可自己却一直在抱怨天使为何不曾出现。

千课长自背包中取出存折、证书及房产证，然后将这些家底一件件地塞进妻子的外套口袋中。既然已经原封不动地还给了妻子，那妻子应该不会再闹离婚了吧。千课长暗自松了一口气。

片刻之后，千课长忽然感到肚子十分不适。于是他迈出病房，进入了洗手间。呃呃！虽然坐在便器上努力了很久，但是该出来的东西依然没有出来，或许是因为酒喝得太多。明明产生了排泄感，但是却毫无所出的感觉真的非常糟糕。

不知过了几分钟，由于一直在用力，千课长只觉得周身发热，而且心情也逐渐烦躁起来。他在炎热与烦躁中饱受煎熬之时，忽然间感觉自己仿佛变成了一坨大便。

这应该是酒气所致，因为他饮酒时心情本就不好，而且刚刚又发热又烦躁，是故他逐渐产生出一种错觉。正因如此，千课长看到自己变成了一坨大便蹲在便器上。而且，还是一坨刚被排出来、冒着热气、臭味熏天的大便。

千东基课长，不，一坨大便开始苦恼怎样才能由下面的小孔中排出去，片刻之后这一举动只能无奈地以失败告终，他开始冲水。此刻，忽然又出现了一种神奇现象，某种东西开始呼啦啦地由那个小孔中漏出。那正是一坨大便心中，不，是刚刚引起千课长肚中不适的东西。

千东基课长用力将那些东西挤出体外。下一秒钟，那些温热、湿润而又臭不可当的东西一股脑地掉进了便器中。腹部的不适症状逐渐开始缓解，内心中的不快也随之渐渐消失，此时千课长的心情才得以平静下来。

除因排泄过量而使双睛肿起外，千课长再没有其他不满之处。虽然十分辛苦，但是这次排泄对于千课长而言，绝对有百益而无一害。因此，千课长不禁露出一脸笑容。就这样，千课长哭哭笑笑地度过了这一晚。

对客户千东基的第三次监测结果

●**监测时间为 2005 年 1 月至 2006 年 12 月。**

●**现金资金的变动如下：**

1.储蓄(零存整取)：960 万元(增加)

坚持把每月省出来的 40 万投进去（利息则和生活费的上涨部分相抵）

2.变额寿险：1200 万元(增加)

3.升职为课长后的薪水上涨部分：840 万元(增加)

4.夫人的薪资：1750 万元(增加)

→3.5 万元 / 日 × 25 日(每月平均上班天数)× 20 个月(从 2009 年 5 月开始)

5.夫人与岳母的零用钱：600 万元(减少)

→夫人的零用钱 200 万元(10 万元 × 20 个月)+ 岳母的零用钱 400 万元(20 万元 × 20 个月，照顾孩子的费用)

6.幼儿园费用：480 万元(减少)

→20 万元 × 24 个月

7.家教费用：156 万元(减少)

8.房地产信托基金投资失败：1000 万元(减少)

●该顾客的现金资产共增加 2514 万元。

●以下内容仅作参考：

因为已经购买了保险，该顾客与子女的医疗费用中需亲自承担部分属于小额部分，因此未予计算。

chapter 18

从麻脸面包到柿饼的30年岁月

翘首以盼的入学仪式!

当真儿终于成为小学生的那一天，千东基代理与秋长美女士的称谓同时也荣幸地升格为“家长”。在这一动人的历史性时刻，千课长为自己因工作繁忙而不能亲临学校参加女儿的入学典礼深感遗憾不已。因此在公司工作时，只要稍有闲暇他便会拨通妻子的电话，要求她在电话中做现场直播。

目前身处教室中还是操场上、入学仪式开始与否、真儿的班主任是男性还是女性、真儿的班级中共有几位同学、个子比真儿高的学生有多少、参加入学仪式的家长中是否有男士、校长的祝词是否依然冗长、教室里的光线是否充足、入学仪式几点钟结束……这些繁琐的问题，令妻子的耳朵及嘴巴片刻不得安宁。

不过，无论妻子是否会对此感到厌烦、是否会因此而愤怒，千东基代理仍然频繁地拨打着妻子的电话。在他的眼前不由得浮现出这样一幅场景——一群鼻涕不断、胸佩一段白手帕的小孩子新奇地站立在小学操场上……准确地说，这正是千东基课长入学时的情景，距今已隔 30 年之久。

千课长的故乡是一个处于深山之中的小村落，公路与村庄之间唯有一条沿峡谷蜿蜒、行程约为20分钟的崎岖小径可以通行，村中建有一座规模颇小、设施简陋的乡村小学，它便是千课长的母校。举行入学仪式时，千课长可以说还只是一个事事不懂的小屁孩，他是在玩闹途中被父亲生生抓入学校的。

入学仪式当天，前来观礼的家长数量甚至已经超过了学生。千课长仿佛再一次见到了父亲在身后不停挥手，告诫东张西望的自己要正视前方的情景。每当他向人道及这段往事时，对方总是会诧异地说道"连这个你都记得如此清楚"怎么能够忘记呢？在千课长看来，记不住这一幕才是怪事。

要知道，在僻静的乡村中几乎毫无风浪可言，这里既不似都市那般喧闹、纷杂，也不会出现尔虞我诈、相互算计之事，更不会有人因为些许得意之事而故作炫耀。对于一个一年365日日日平淡无奇的乡村孩童而言，小学入学仪式无疑是一件破天荒的大事。如此盛事，他又怎能不记忆犹新呢？

30年后的今天，千课长的孩子也已经正式成为了一名小学生。忽然间，千课长很想知道女儿此时的感受如何。是否只是感觉换了一个地方而已呢？由幼儿园来到了小学……

千课长虽然不会代替女儿上学，更不会代替她学习功课、完成作业，但是却犹如今日参加入学仪式的正是自己一般，千课长内心之中不断涌起一股深深的自豪感。也许 30 年前，父亲在挥手的那一刹那也曾出现过这种感觉吧……

正当他思绪万千之时，一个尘封的记忆片断忽然在他的内心深处被唤醒，随之渐渐清晰。远在 30 年前，正是入学仪式的那一天，父亲曾经在下午时分不畏辛劳地前往相距甚远的镇上，并且在傍晚时才汗流满面地回到家中。回来时，父亲怀中紧抱着一个厚厚的信封，信封中塞满了形状椭圆、满面坑洼的丑面包。

那是千课长第一次见到麻脸面包，外酥里嫩、红糖般入嘴即化的美味面包。在此之前，千代理只食用过压缩面包及用清酒所泡制的面包，因此对于千课长而言，麻脸面包的出现也可称之为是一件破天荒的大事。可是，我怎会直至此刻才突然忆起呢？此时看来，在那一天中已然发生了两件破天荒的大事呢，这一天真的颇具历史意义啊。

虽然相隔 30 年之久，但是这两次入学仪式均可以称之为是历史性事件，并且都令千课长为之感动不已。千课长尚沉浸在麻脸面包的美味之中，忍不住大咽口水。也许正是出于这几口口水，千课长在下班以后依然高挺着肚皮。下班路上，他特意转向了高课长的面包店。

“其他面包也不错啊？为什么偏偏要买麻脸面包？”

“它具有一种无可比拟的味道，就在这里面，嘿嘿……”

对于高课长的疑惑之情千课长并未多做理会，付过钱以后他便径直从面包店中走了出来，仿佛是在对高课长炫耀：我也有秘密。望着已经包好的麻脸面包，千课长不由自主地露出得意的笑容。每每想到女儿吃面包时会如同30年前的自己一般激动、感慨，而自己也可亲身体验一下父亲30年前的感受，千课长的心不禁有些飘飘然。

红糖一般甜蜜的归途终于走到尽头。一入家门，真儿便满面笑容地迎向怀抱麻脸面包归家的千课长。不过，更加准确地说，孩子迎接的只是她的爸爸。打开包装以后，孩子的表情竟然极为平淡，这不禁令充满期待的千课长内心中泛起失落之情。

望着对麻脸面包置之不理，自顾玩耍的真儿，千课长内心中的落寞之情简直无以形容。是啊，必然会存在代沟吧。再怎么说也已经间隔了30年的时间，如今的麻脸面包也许正如当年的压缩饼干一般吧……啧啧，难道只有我一个人没有认识到这一点，或者是我在故作不知？

晚餐时，千东基课长假意并未发现这一幕，努力压抑着内心之中的惋惜与失落。晚饭过后，他突然产生了往乡村老家打电话的念头。

“爸，是我。”

“怎么会突然打电话过来？家中发生什么事情了？”

“没什么事，我只是感觉已经很久没有往家里打电话了……”

在以健康、农事、工作、真儿的入学仪式等为话题简短地交谈数句后，电话终于面临被父亲以话费太贵为由挂断的命运。就在此时，千课长提到了麻脸面包。

“你仍然没有忘记那时的事情啊？”

看来，对于那一日父亲也一直记忆犹新。那时，父子二人便围绕着形状椭圆、满面坑洼的面包你一口我一口地大啃起来。不过，心疼电话费的父亲最终还是逼着儿子将电话挂断，不留丝毫回味余地给千课长。

“不过，真儿似乎并不喜欢麻脸面包。”

“那当然，现在的孩子拥有太多美味了。你将电话给真儿。”

千东基课长将话筒递给一直在身旁望着自己的女儿。祖孙间的交谈主题依旧围绕着麻脸面包。连身为父亲的我都以失败告终，他怎么还提起麻脸面包呢？即使真儿准备吃麻脸面包，她也会手持刀叉，而不是如你一般提着筷子……失败显而易见。

在千课长的思绪四处游走之时，真儿则在电话中不断地重复着“是，是，是，不是”，突然间她迸发出一声兴奋、愉悦的尖叫：“哇！好啊，太好了！”与此同时又面向一脸惊讶的千课长显露出兴奋至极的表情。难道他老人家没有失败?

“爸爸！爷爷说要将柿饼寄给我。”

一挂断电话，真儿便迫不及待地将电话的核心内容报告给父亲。随后又蹦蹦跳跳地跑进厨房，将这一消息转述给正在收拾碗碟的母亲。看到真儿如此兴奋，千课长不禁惊愕万分。

在他看来，居于乡村的父亲所能做到的无非是递送面包与筷子，却无论如何也未曾想到父亲竟然还拥有这样一招“撒手锏”，从而顺利地诱惑了“拥有诸多美味”的真儿。柿饼！一想到父亲居然会使用这种“天然果冻”成功吊起孙女的胃口，千课长顿时感到佩服万分。

面对父亲所施展的麻脸面包变柿饼的魔法，千课长不得不承认自己的失败。与30年前相比，他所成长的似乎唯有身体而已，而思维依旧停留在鼻涕虫时代。这时，妻子缓缓走来坐到千课长身边，说道：

“去年似乎是辣椒的丰收年吧?辣椒酱是不是泡制了很多？妈妈做出的辣椒酱味道简直无可挑剔。”

妻子也许正醉心于家乡的辣椒酱之中吧……望着一脸美意的妻子，千课长忍不住大咽口水。当然，此时的千课长已然退化成为30年前的鼻涕虫，他所沉醉的并非是辣椒酱一类的物品。

其实，他与身旁的真儿所怀有的是同一种期冀，晚饭以后二人便不约而同地为此口水不断。临睡前，千课长父女均感觉肚子中充实无比,仿佛即将撑爆一般。

chapter 19

许世万辞世，故友的重礼

“前不久才得知你在今年春季升任次长了。其实我们之间理应经常保持联系的，不知道出于什么原因竟然会使我们形同陌路一般。虽然晚了一些，但是我依然要对你表示祝福。”

不知从何处听闻千东基升职的消息，一位老同学打来迟来的贺电。繁忙的工作令他们拥有了推脱的借口，而借口的种类也在不断增多，因此他们之间已经很久未曾相聚过。自去年年末的“送年会”以后，他们这帮老同学便再未逢面，对于对方的近况自然也就不得而知了。

千东基由课长升任次长已然达八个月之久，而这次职位变动也在一定程度上改善了他的生活状况。

首先，人们对于他的称呼由千课长变成了千次长，这令新任次长每天都拥有一种如沐春风的感觉。虽然肩膀上背负的责任与义务随之变得更为沉重，但是却丝毫不会影响到他的心情。由于职位的升迁，秋长美也得到了更多被人称为师母的机会，面部笑容也日渐增多，这同样令千次长为之感到愉悦不已。

不过，妻子的虚荣心并不强，至少不会因为被别人称作师母便羞于前往百货店工作。对于此事，千次长对妻子既抱有感激之情又怀有愧歉之意。事实上，妻子所付出的辛苦在改善家庭财务状况方面产生了极大作用。

因职位升迁而上涨的薪资加上妻子的工作酬劳，共计达到 200 余万元。而这相对多出的 200 余万元则在一定程度上有效地改善了他们的家庭财务状况。其中，有 20%左右被用于女儿的教育经费以及家人的文体费用，而剩余部分则全部纳入储蓄、投资股票、购买保险等理财方面。经过多番比较与选择，千次长自半年以前便开始接触海外基金了。

一如字面含义一般，所谓海外基金就是进行国际基金投资，进而从中收获效益的间接投资商品。例如美国基金，则是指针对美国股票、债券以及其他产业进行的基金投资。伴随社会的不断发展进步，国与国之间在资产与劳动力输出方面的绿色壁垒早已消失不见，因此国内市场环境愈显狭窄不堪。处于这种时代背景下，“金钱高于一切”的观点尤为适用于海外基金市场。

当然，任何一种形式的投资都会与风险形影相随，因此投资之前必须事先对投资项目进行充分考察。目前的市场上,基金种类多如牛毛,令人目不暇接。故此,若要提高自己的投资成功率,分析各国、各地区的经济状况,了解基金购买与售出时的手续费问题，每个投资公司的不同之处等自然是必不可少的。

其实，千东基次长之所以会格外留意海外基金也另有原因存在。当初制订的十年计划，再经过两年时间便已期满，不过就在近期，一个可以助其达成十年计划的意外之喜忽然从天而降。在此之前，千次长将请约赋金转换为请约预金（韩国申购房屋专有制度)，借以提高被选中的概率。不久之前,千次长家终于得到了幸运之神的眷顾,被一举选中，房子位于即将落成的小区，而且与此时的住处也相距不远。

3 亿 3000 万元的价格与 110 平方米的住房面积,令千次长无论是从时机方面还是价格方面考虑，都感觉这一次被选中堪称运气极佳。随即要面对的问题是，如何将这种好运气落实到现实生活中。因此，千次长不惜花费大量时间搜索收益率更高的投资项目，而海外基金正是此时落入他的视线之中的。

虽然产生了投资海外基金的想法，但是此事绝非他一人能够定夺的。而且,若要说服妻子也存在一定的难度。

“老公,你又要重蹈覆辙吗?”

“不，绝对不是，你先听我解释好吗？”

由于劣迹斑斑，千次长足足耗用了一个月时间才使妻子勉强应允这一提议。几番死缠烂打下来，他终于得以每月拿出约 40 万元资金投资到海外基金中。

虽然至今为止依然没有出现大赚特赚的情况，但是依据投资前的分析，千次长对于此次投资一直抱较为乐观的态度，他坚信不久后必然能够大赚一笔。但是前提条件是，投资过程中不会出现意外变数。不过，后来他才知道，当时的基金市场上已经出现了变数。

“世万为什么会遇到这种事情呢？”

相互恭维、推辞过后，电话一端的老同学忽然说出一句令千次长备感诧异的话。

“此话怎讲？世万他究竟怎么了？”

“难道你还不知道吗？我原打算从你这里打听更多消息呢。”

千东基次长最后一次见到许世万的时间已然是一年零四个月之前。去年岁末的聚会许世万并未参加，那虽令千次长不免感到有些奇怪，但是他始终没有打个电话去一探究竟。自毕业后，几乎每次都是许世万主动寻找理由与千次长联络，而千次长主动联系对方的次数可谓屈指可数。

无论自卑也好或是倒胃口也罢,反正千次长认为实在没有必要主动去联络一个见面即吵的人。因此,虽然每次乘坐公交车回家时均会路过许世万的超市,但是他从未考虑过中途下车去拜访一下许世万。难道日渐生疏的许世万会发生什么不幸的事情吗?

"据说世万现在正在住院呢,而且情况不容乐观……"

"不容乐观?他患的是什么病?病情发展到什么程度了?"

"具体情况我不清楚,只是听人所言而已,而且也未曾细问。我还以为你会对此十分明了呢!"

"那你又是听谁说的?"

电话挂断后,千东基次长迅速给那位传出消息的同学打了一通电话。此后他所了解到的情况大致如下,这位同学也是经前辈转告才得以知晓这件事的,而前辈则是在前往医院接受综合体检时偶然遇见了身着患者服的许世万,因为看到他的脸色极差便关心地询问了一下,不过许世万也只是笑笑而已,并未对此作出回答。千次长所能了解到的情况也仅限于此。

无情的岁月早已磨灭了大学时代的激情,人们似乎也逐渐变成了冷血动物。千次长怀着极其复杂的心情,难得一见地主动联系了许世万。此时他才发现,许世万的手机号码已然成为了空号。最终,千次长决定亲自前往前辈所说的医院去寻找许世万。

下班以后，千次长便直接奔向了该医院。正当他在住院登记簿上搜寻“许世万”三字时，忽然瞥见从走廊一侧走来的许妻。

许久未见，她不仅脸色暗淡很多，而且身体也消瘦得令人不忍多看。千次长几乎怀疑传闻有误，真正患病的也许是许世万的妻子，而并非他本人。乍见千次长，许妻只是勉强挤出一丝如自己脸色般暗淡的笑容。当听及千次长询问丈夫病情时，她平淡、无力地答道：

“是胃癌晚期……”

刹那间，千东基次长只觉得天旋地转，头脑中一片空白。虽然彼此历经一年半的时间未曾联系也丝毫没有产生过想念之情，虽然即使相见也只会不欢而散……但是在这一刻，千次长的感受绝不亚于遭受当头一棒。他默默闭上眼睛呆立在原地，努力地控制着情绪。

“我们来到医院检查时已经是癌症第三期了。那时尚属春季，算来应该是在八个月以前。在这一段时间中，我们几乎尝试过所有治疗，手术、昂贵的抗癌药剂……但是一直毫无起色。如今，癌细胞已经扩散到身体的其他部位，甚至连医生也表示束手无策。我们正准备明天或是后天便出院呢……”

低沉、伤感的声音在千次长耳边不停缭绕，令他的心情越发沉重。他始终不敢相信这是事实，几乎怀疑自己仍处于梦境之中。但是睁开双眼以后，面前那张欲哭无泪的真切脸庞使他清醒地认识到“这是真的”。面对身前这位憔悴的女人，千次长寻找不到任何安慰的话语，处于这种氛围中，足以令人不禁产生出一种对方应反过来安慰他的感觉。

沉浸在这种抑郁的气氛中，千东基次长默默地跟随在许妻身后向病房走去。当她推开病房房门时，千次长终于得以见到此行的探视对象——许世万。仰躺于病床之上的许世万近乎是一具木乃伊，深陷的眼眶以及高高凸起的颧骨，令千次长完全寻找不到老同学昔日的印记。

病榻之上的许世万俨然丧失了那份令人生妒的豪气，迎接老同学的他仿佛仅剩一身躯壳一般。躯壳在病床上缓缓睁开双眼，当见到一脸凝重的千次长以后，他的目光中迅速露出一丝难以名状的神色：

“来了啊……不要站在那里，快过来坐吧。”

虽然许世万的体力已经严重衰退，但是说话似乎还是不成问题的。千次长刚一坐下便紧紧拉住许世万的手。握着这只瘦骨嶙峋的手，千次长感受到一丝凉意。仿佛要为老同学暖热双手一般，千次长将许世万的另一只手拉至身前用力握紧。

“对不起，我应该早一点过来探望你的……”

“何必说对不起呢，我并没有将情况告知与你。不过，你又是怎样知道我在这里的？”

千次长告之许世万，自己也是听闻一位老学长偶然谈起才恍然得知的，他有意将其他同学在从中传声一事隐瞒不说。因为他觉得，自己不应该在这种环境下提及那些同学的所做所为。许世万轻轻颔首，似乎是在对千次长的回答表示认可。但是千次长却认为，他放佛是在对自己说“你无须隐瞒，我已经全部知晓了”。

短暂而又尴尬的沉默过后，千次长准备说一些安慰的话，至少也要讲几个笑话缓和一下气氛。但是忽然间，许世万却有意将自己的妻子支开，要求她到病房外散步片刻，看来，他似乎是有颇为重要的话题要与前来问安的朋友交谈。

将妻子支开以后，许世万便娓娓讲述起这两年间发生在他身上的一切。他的故事中似乎充满对于往事的悔恨，又似乎饱含即将不久于人世的哀伤，正如他此时因病憔悴的身体一般，令人叹息不止……故事的梗概大致如此：

许世万的超市自正式营业以来，在小区中便一直是一枝独秀，生意之兴隆自然显而易见，利润也颇为可观。用一句俗语概括，可谓是抱着一只会下金蛋的母鸡。

不过自去年春季开始，他的超市便一直面临着前所未有的危机。在距离超市徒步行走仅五分钟路程的地界新近开设了一家大型折扣超市。自一营业，它便成为了附近居民的首选，一如磁铁般吸引着周围消费者。

许世万根本无法找出挽留顾客的良方妙药，无法阻止他们向商品齐全、价格低廉的“敌营”涌去。迅速地，超市的营业额急剧下降，原本人头攒动的卖场如今已然门可罗雀。严重时，偌大的超市几乎只能见到苍蝇乱舞。为了破解这场自开业以来首次出现的重大危机，许世万不惜采取低价战略。就这样，他以玉石俱焚般的豪气与大型超市针锋相对起来。

初一降价，客流量确实有所回升，但是转眼之间惨淡的经营状况便去而复返。在价位大致相等的情况下，绝大多数人均会选择前往种类更为齐全的大卖场。

无奈之下，许世万只得继续降价。但是如此一来，他便真的是在割肉甩卖了。顾客量越大，他的亏损额度便越高，是故这种状况必然无法持久。倘若竞争对手的实力逊于自己，那么尚有可能在价格战中胜出，但是当时情况明显与此大相径庭。因此，只能说许世万选择了下下之策。

虽然，这是许世万当时唯一能够想到的对策，但是这一做法无疑是在以卵击石。倘若你铁定心肠非要以卵击石，并且希望最终将石头击碎，那么首先你必须准备足够的鸡蛋。

不过，养鸡场场主绝然不会将鸡蛋白送与你，因此在这一环节中，扎实的经济基础也不可或缺。若要置备数量足以碎石的鸡蛋，所需金额必然是一个天价。说到金钱，当时许世万尚存有不菲的积蓄。超市处于黄金时期时，他毕竟积累了一定的财富，虽然由于性格使然已经挥霍了大部分，但是依然颇有剩余。至于被其挥霍的那一部分，此时追悔也毫无用处可言了。

有人也许会问：既然生于富豪家庭，那么只要伸手向家中索要不就可以了吗？但是当时情况并非如此，也可以说这是一件不可企及的事情。由于许世万的哥哥在创业中连续败北，父母一生的积蓄均已拿去为其填补窟窿，已然没有能力再去顾及许世万了。虽然说尚存一间 110 平方米的住房，但是许世万毕竟还没有傻到将住房变卖，用以继续这种毫无胜算的争斗。

半年以后，许世万终于停止了无谓的反抗，将超市低价外兑。但是他已经为此付出了极为惨痛的代价。偿还掉所有的债款以后，他手中的剩余资金仅可租下一个小店面而已。由于本金不足，许世万的选择范围也实在过于狭小，而此时他却选择了酗酒这条路。

为唤醒整日醉生梦死的许世万，妻子可谓用尽苦心。待到她终于得以成功地将往日的世万唤回，用缩减住房面积而得来的钱财购置了一间中等铺面时，许世万却一病不起了。为了治愈世万的病症，他们很快便将原本准备购置店铺的资金用尽，而且住房面积也一而再再而三地缩减着。时光渐进，许世万的病情逐渐严重到令全家人感到难以喘息了。

亦悔亦伤的故事终于全部结束。在故事最后，许世万对着久违的朋友道出了一番宛如遗言般的感慨之辞：

“以往，我只重视外表现象与面子问题。我也清楚此时方知后悔已然为时晚矣。不过我还是要讲出来，你知道吗？有一件事情今时今日令我感到非常后悔！正因为它，我近乎死不瞑目……为什么当初我没有购买一个再平常不过的癌症保险呢！它又不需要很多钱……正是因为这样，如今的我才会如此凄惨不堪。其实对我而言无非一死而已，可是每每想到妻儿的未来……连一座像样的房屋都未能留给他们便撒手九泉的家长，还配用‘家长’二字吗？你说是不是这样？东基？”

仿佛吸入了胡椒粉一般，千东基次长只觉得鼻腔内辛辣难忍。而且，胡椒粉的影响仿佛又波及到了眼睛，令他禁不住泪水涟涟。似乎是希望反过来安慰千次长一番，许世万用另一只手轻轻地拍打着他的手背。

千次长难以抑制地紧紧抓住许世万的双手，一时间竟无语凝咽。他猛然发现许世万的头发已经掉落大半，不知是不是抗癌药物产生的副作用所致。静静地望着许世万稀疏且不复光泽的头发，千次长觉得纠结于心底的发丝似乎也在悄然脱落。如此一来，日后他便不会再与许世万发生争吵了。

回家途中，千次长一路思虑万千，不过这一次他所思考的问题却与以往大不相同了。他不禁想到了死亡，同时也对自己的所作所为进行了深刻的反省，进而产生了一丝觉醒。

10 年以后，20 年以后，30 年以后……倘若感觉生活依然一成不变，那无疑是一种错觉。也许正是出于这种错觉或是自大，人们才会放任自己又或存在过多欲望吧？如若感觉自己即将不久于人世，那么我们对待人生的态度将会变得无比真诚！也会倍加用心地关心、爱护亲人。

因此，对于千次长而言，这一瞬间正如处于行将就木的老年期一般。他认为，此理由足以令他即刻间变得更加真诚、足以令他倍加用心地关心、爱护亲人！

当晚，他在与妻子商讨以后下定决心要完成两件事情。

其一是确定金融资产运营中心，将资金转向更加稳定、安全的投资方向。具体说便是立即变卖手中的海外基金，再利用所获资金购买具有多重保障的变额寿险。

此外便是在网络中寻找“马拉松爱好者协会”，并且加入进去。唯有健康时，方能更好地保障健康，若健康已失，再想寻回则必须付出沉重的精神、物质代价。这正是他刚刚由许世万处得到的启示。

很快，千东基次长便将当晚的决定付诸行动了。在变卖海外基金时，他只能申请在10日后提取资金，并且需要为之支付少许手续费。令千次长大呼幸运的是，不久之后美元便开始贬值，而他所购买的投资基金，其资产所属国正是以美元为主要流通货币的。因此可以说，倘若他当时没有及时抽身而退，此刻肯定已经遭受一定量的损失了。

至于“马拉松爱好者协会”方面，他仅加入两天后便参加了在南山下举办的“闪电聚会”，与协会其他成员一一相见。周末时，千次长因为要照顾真儿，所以无法参加协会组织的定期训练。但是，平时他会主动通过网络或电话向他人咨询相关事宜，下班以后也会积极进行个人训练。

偶尔，协会部分成员会不定期地向其传授日常训练中的相关知识要点，帮助他补充自己在技术与信息方面的不足，这不禁令千次长万分感激。有时，真儿在周末会前往岳母家玩耍，千次长便会趁此时机参加协会定期训练，借以接受集中指导。

在练习长跑时，千东基次长感觉自己仿佛正奔腾于一个色彩迥异的世界之中，这种感受与以往漫步或乘车时大相径庭。正当他与这个全新世界逐步加深交流之时，他的朋友——许世万辞世的噩耗最终传来。

每每乘车或是跑步，千东基次长均会情不自禁地想到许世万，对于他的感激之情也会在心中不断泛滥。正是许世万向他灌输了生死的含义，使其懂得倍加珍惜自己的人生！思忆起为他留下如此厚礼的许世万，千东基次长以更加真诚的态度在自己的人生道路上奔跑着，他要使自己的心胸变得更加宽阔！

对客户千东基的第四次监测结果

●监测时间为 2007 年 1 月至 2008 年 12 月。

●现金资金的变动如下：

1.储蓄(零存整取)：960 万元(增加)

2.变额寿险：1200 万元(增加)

3.升职为课长后薪水增加：490 万元(增加)

→35 万元(50 万元上涨薪金的 70%)×14 个月(至 2012 年 2 月)

4.升职为次长后薪水增加：280 万元(增加)

→每月存入 28 万元(自 2012 年 3 月升职为次长后月薪增加 40 万，其中 70%用于储蓄，30%用于维持脸面)

5.夫人的薪资：2100 万元(增加)

→35000 元(每日)×25 天(每月平均上班天数)×24 个月

6.夫人与岳母的零用钱：720 万元(减少)

→夫人零用钱 240 万元 (10 万元×24 个月)+岳母零用钱 480 万元(20 万元×24 个月，用于保姆费)

7.子女教育经费：312 万元(减少)

→每月支出 13 万元(韩文家教及美术学院的学费)

●该顾客的现金资产共计增加 3998 万元。

chapter 20

比跑完全程更加珍贵的半程

“晚上准备庆祝吧，我一定会跑完全程回来的！”

对于这位刚刚进行四个月运动训练，便准备参加马拉松赛跑的新手，妻子秋长美深感不安。不过千次长本人倒是信心十足，临出发时还不忘一腔豪迈地抛出一句“军令状”。虽然并不是去参加什么帝国建设，不过出于他此前的感想，即“脚下的土地都属于自己”，千次长不由自主地产生出一种悲壮的感觉。

原本他还准备将悲壮进行到底，选择 42.195 公里的马拉松赛程，不过由于身边存在太多阻拦势力，最终他只能将赛程锐减一半。随着一声枪响，千次长正式开始了长达 21.0975 公里的马拉松比赛。

“千哥！赛跑时记住要挺直身躯、头部、脖子以及肩膀！胸部尽量挺起，屁股朝前挺，脚要用力往前蹦，知道了吗？”

回想着协会中的某位会员的提醒，千次长摆出正确的赛跑姿势。据对方称，如果上半身前倾，很多人都会因为重力影响而坚持不了多久。此外，放松肩部肌肉、双臂自然摆动、膝盖不能抬得太高、步幅不能过大、奔跑时应该尽量使脚跟先着地、视线要放在前方 18 米至 20 米处等等，这些也是应该谨记的跑步常识。

今天的天气非常怡人，空气也异常清新。此次马拉松行程依江而设，是故千次长在跑步时可以尽情欣赏沿途风景，这不禁令他感到，倘若如此跑下去似乎能够直达天堂一般。每当思及这次春季挑战赛，千次长便会激动得周身颤抖不已，随即又会感到一阵心旷神怡。才刚刚开跑，他的心情就变得这般舒畅！

“既然已经开始了，那你就尽情享受吧，也许还真能够作出什么来呢。”

听闻千次长加入了马拉松爱好者协会，高相斗课长如是说道。

高课长有意在“开始”二字上加重了语气，似乎意味着他也准备“开始”做点什么。而他所准备的正是经营加盟店。

“加盟店？”

“是啊。与别人分享成功的秘诀，而我所得到的就是品牌价值，然后我再利用品牌价值谋求更大发展。这就是连锁经营的意义。”

千次长承认高课长确实拥有自己独到的成功秘诀。与刚盘下那家店时相比，此时高氏面包店的规模已经达到初期三倍之多，而且，在原面包师手下又增添了两名助理面包师。也就是说，销量几乎也涨到了原来的三倍。

自表面上看，很多人都会认为这是由于高课长搞垄断经营的缘故，但剖其本质，高课长之所以能够取得成功，完全是凭借自己独特的经营手段。高课长此刻正是准备将经营手段商品化，从而得到进一步发展。

“如果将我家面包店的优点集中一处，再将其推向市场，我觉得大有可为。我准备选择一种不同于其他加盟店的经营体制，也就是说我并不会自总部开始，将面包逐一分配给其他分部，而是打算将其培养成为可以自主生产并销售面包的连锁经营点。

“我会为分部提供相关资料及信息，也就是面包的生产技术、选材与销售原则等。如果我再帮助他们进行非常详细、缜密的地段分析，结果又会怎么样呢？你听到这些内容以后，会不会也想加入进来？”

千次长点了点头，不过他尚略有些怀疑。倘若经营策略并不是分配成品，而是传授相关诀窍，必然会不可避免地产生一部分相关费用。针对这一费用，高课长准备怎样处理呢？对于这个问题，高课长的回答是“怕有虫就不要做酱”。

据高课长称，他已经就加盟店问题与面包师进行过商讨。面包师会将相关技术传授给分店一方，而高课长则会由加盟费和专利费中取出一部分股份分给面包师，从而降低经营费用。

“待连锁规模达到一定程度，我还准备和加盟店合作建一所学院，专门从事面包生产技术的研究、开发及传授。”

高课长准备着手进行的加盟店计划大致若此。听完高课长的解说，千次长也认为这一计划存在一定道理。依照他对高课长的了解，他必然会在朝夕之间正式施行这一计划，而且一定会有所斩获。

想到高课长即将开展的新事业与自己已经开始的马拉松比赛，千次长忽然感到自己必须要获得成功，否则待高课长马到功成之后，他便无颜再以高课长的嫡传弟子自居了。

千次长之所以会在刚刚进行四个月训练后，便向自己发起挑战，并在周围一片挽留声中固执地站到起跑线上，也是因为在一定程度上受到了高课长的影响。

“对，就尽情享受一次吧！让他们看看，我也能够做到！”

由此想法促成的 21.0975 公里的马拉松比赛，自一开始便令千次长感到异常兴奋。就这样，挑战的第一粒纽扣已然系紧。不过话说回来，兴奋情绪会大大促进新陈代谢，从而导致部分能量的虚耗。因此，千次长逐渐开始违背“膝盖不能举高、步幅不能过大”等正规动作了。

结果，千次长赶超了一位又一位选手，他仅仅使用 40

分钟便跑完了前 10 公里路程。一般情况下，使用一个小时跑完前 10 公里就可以了。因此，他可以说跑出了一项较高的纪录。

不过，对于比赛经验，新手又能够懂得多少呢？而且即便是有所了解，在实践中又能否合理加以应用呢？因兴奋而引起的新陈代谢加速令千次长哼哧哼哧地喷着热气，他卖力地继续向前奔跑着。也许又跑过了 3 公里左右吧？

此前一如新婚般炽热、活跃的新陈代谢仿佛被浇了一盆冷水，变得缓慢无比。令他颇觉享受的兴奋感也随之消失无踪了。待他以这种状态又跑出 1 公里时，一盆冷水再次临头浇来。这一次，他连刺激感都没有了。再跑出 1 公里，他连兴奋感都没有了，仅剩下疲惫不堪的感觉。

他的双腿开始发软，并且逐渐失去了知觉，犹如这双腿并不是自己的一般；心脏在剧烈跳动，仿佛即将自胸膛中蹦出；喘息声也越加强烈。千次长开始为没有调节好节奏而自食苦果。此前迈得较大的步伐已然严重缩水，一直高挺的前胸也开始佝向下方。

忽然间，他产生了放弃的念头。放弃吗？嗯，放弃吧？仿佛是在倾听自己内心的对白。他的姿势由奔跑变为快步行走，如此下去，估计最后要改为逶迤而行吧？然后，突然在某一时刻坐到地上，举起白旗呼哧呼哧地说“我不行了”。

千次长低头盯着自己的脚尖，努力地快步向前行走。但是很快，他的步伐又缓了下来，并在不久以后彻底停止。随即，他一屁股坐到了地上。那一瞬间，他发现自己的感觉变得非常渺茫，眼前一片模糊。几分钟以后，千次长的眼前才逐渐出现真实场景，而首先映入眼帘的便是那双红黑相间的白色跑鞋。

“很多人在买鞋时只关心鞋码，但是这样很难挑选到既穿着舒服，又不妨碍运动的鞋子。如同所有人的长相均各不相同一般，脚的样子也各有差别。有些人的脚较宽，有些人的脚较窄，有些人的脚背比较高，有些人的脚背却比较低。

“有些人脚心凹入较深，有些人又比较浅，甚至一些人干脆就长了一双扁平足。此外，脚趾长度也有所不同。只有充分考虑到这些方面，你所购买的鞋子才是最适合自己的。”

这是一名协会成员亲自为千次长挑鞋时所说的话，他还强调千次长的脚掌有扁平足的迹象。他所指的好鞋应该就是大小与形状均合适的鞋子。一想到那位亲自为自己挑选跑鞋并检查合适程度的组员，千次长的精神猛然为之一震。我绝不能如此下去！而且今天离家时还曾对妻子说过大话，告诉她我一定会跑完！

千次长努力调匀呼吸，再次站起，重新迈开步伐奔跑起来。他依然感觉很疲惫，而且与刚才相比有过之而无不及。

如同中途放弃作业，继而又重新捡起会令人无从下笔一般，走过一段路程后又重新开始奔跑，同样使人感到难以忍受。

千次长忽然想起一位会员在赛前传授给他的小诀窍，也就是想象法。当时他告知千次长，感觉疲惫时便可使用此法进行缓解。所谓想象法，就是在跑步时脑海中想象一个画面或一句话的自我调节方式。这也可以说是一种精神疗法，它要求跑步者将精神分散到其他地方，从而忽视劳累的感觉。

千东基次长所想象的是自己的马拉松跑鞋，那双白色底面上画有一条条红黑相间条纹的马拉松跑鞋。他将自己的全部注意力均放在了那双马拉松跑鞋上，脚下不停地向前奔跑着。在这段时间中，不仅仅是青壮年，甚至妇女、小孩与老人也逐渐超越了他。

不过，他并未注意这些，而是维持原有步伐，以一定的速度继续向前“奔跑”。他的眼前一直浮现着那双马拉松跑鞋，如此一来，他感觉自己的痛苦感锐减了。不能不说这非常神奇，千次长为自己未能早些想到此法而大感后悔。

不知不觉中，终点远远出现在前方。千次长脚下加速，稍稍提升了奔跑速度。呼呼哈哈！一直浮现于眼前的那双马拉松跑鞋也开始奔跑起来，呼呼哈哈！再坚持一下，再坚持一下！待他距终点仅剩约一百米时，一阵极为熟悉的声音传入了千次长耳中。

“哇，是爸爸！爸爸，加油，加油！”

“老公，再加把劲，加油啊！”

“女婿，加把劲啊！”

此时应在百货店工作的妻子竟然携真儿与岳母来到了现场。对于家人的出现，千次长既有些出乎意料，也隐隐有些感动。那一瞬间，他顿感鼻尖发酸，不禁泪眼朦胧。似乎眼前那双马拉松跑鞋也在随之抽噎着。

千东基次长最终成功地通过了终点，用时为 2 小时 15 分 32 秒。这一瞬间他用行动证明了自己在妻子面前的那番豪言壮语。此外，这也是他获得夜晚庆祝资格的瞬间。

当刚刚接触马拉松四个月的新手脖颈上挂上象征跑完全程的奖牌时，台下响起了在千次长听来宛如天籁般的掌声。为其鼓掌的不仅有妻子、女儿及岳母，也有与他一同参加本次大会的协会会员以及特意赶来加油的其他成员。

千次长觉得心中既酸楚又激动不已。虽然比赛已经结束，但是依然浮现于眼前的马拉松跑鞋似乎也与他有同样的感受。无论如何，千次长这次终究成功完成了一件事情，证明有些事自己也能够做到。由于跑完了长达 21.0975 公里的赛道，千次长的腋下、后背、大腿内侧、双手以及脚掌早已为汗水所浸透，这几处地方似乎也在散发着充满成就感的气息。

马拉松跑鞋也在散发着同样的气息，不停地刺激着千次长的鼻子，同时又刺激着他的灵感。“既然已经开始，那就尽情享受吧！也许还真能作出什么来呢！”高课长这番话语似乎并不单指此次马拉松比赛，不过无论做什么事，首先都要准备好丰富的资料并制定报告书，因此千次长并不急于行动。

曾在五年前因为盲目选择而遭遇惨痛失败的兼职行动……自那以后，这一话题就被他繁忙的生活所淹没了，可是此时，在他 41 岁时，这一念头又悄然复苏了。这次他将会吸取五年以前的教训，循序渐进且慎重地开始加以选择、落实，如此也许真会如高课长所言，他真的能够作出点什么来！千次长心中已然有了一个目标，那便是马拉松跑鞋专卖店，当然，这并非短期之内就可以施行的计划，至少也需要花费几年时间进行观察与了解。虽然说，这次也许仍会失败……

不过，千次长也没有必要为此担心。不，他是根本没有去担心。他此刻不过刚刚跑过半程而已，前方尚有一半路程需要继续呢，如今他只是刚刚尝到了成功的甜蜜，顶多算是一只雏鸡。俗话说，好的开始是成功的一半，因此，他此时也可说已经是只半大不小的鸡了。此后他所要做的就是努力向前奔跑，直至自己成为一只尽情享受成功的大公鸡。

呀呀呀呀！加油！

chapter 21

千东基一家充满曲折的10年

“蟾蜍，蟾蜍，我给你旧房子，你给我新房子！“

小时候，将一只手埋进沙土中，然后一边用另一只手堆沙土为蟾蜍造房子，一边唱着这首歌。当时，极轻松地便为蟾蜍造好了房子，不过成年以后想要为自己置办一座像样的房子，却显得异常艰难。

人类居住的房屋与蟾蜍的房子不一样，即使给了人家旧房子，你仍需添加诸多钱财才能够换来新房子。因此，千东基次长只能将各种储蓄、基金、寿险中的部分资金取出。其中包括升职带来的月薪上涨部分、妻子在百货店工作赚来的钱与变额寿险中的一部分。但仍然不够，足足还有 1 亿元的差额，这使他不得不将念头打到银行，千次长所选择的是抵押贷款。

目前为止，他们已经交付了契约金，此后只需卖掉旧房子，付清余款即可。如此一来，110 平方米的新房子就将属于他们了。可是问题又出现了，搬进新房固然是好，但是首先要将之前居住的旧房子处理掉才行。这与穿新衣之前首要先脱掉旧衣服是同一个道理。

三个月前，他们便已经开始张罗卖掉旧房子，虽然找好了中介，可是旧居至今仍然未能脱手。第一个月，前来看房的人确实不少。但是在看完要价1亿2500万元的60平方米公寓后，人们的普遍反映就是房子显旧。不过这也是可以理解的，因为这座楼的历史已经有15年之久了。

因此，虽然千次长一家以低于市场价的价位标卖自己的旧房，但是人们在看过之后也只是点点头，说一句“旧楼就是这个样子的”而已。可以说，他们的房子完全成为了供人评鉴的样品房。

“我可以过来看一下吗？”“哎呀，太旧了，不买！”正当千次长对自己的房子沦为样品房一事颇感气愤时，突然发生一件令他即无奈又惊慌的事情。房子着火了！当然，着火的不是他们的房子，而是旁边的旁边的旁边，下面的下面的下面的下面的房子。

但是，当新闻上播出“配电线路老化导致漏电，从而引发火灾”这一消息后，整栋楼的居民都开始为之惶恐不安，纷纷对遭遇火灾的邻居表示万般同情，与遭灾人一起舔舐着火魔肆虐过后残留的伤口。

出于这种情况，千东基次长的房子立即摆脱了样品房厄运，因为根本就没有人前来看房了。如此持续两周以后，他们不禁开始怀疑，自己的房子究竟是否还登在待售名单上,于是忍不住向房地产中介所打了一个电话。可是电话中传来的依旧是对火魔肆虐过后的残伤发出的抱怨。随后,对方为其提出了一项老套的建议——降价。

因为距离入住新居的日期只剩一个半月的时间,千次长与妻子讨论过后,终于还是决定采纳中介所的建议,降价 500 万。就这样,他们房子的价格由 1 亿 2500 万变成 1 亿 2000 万。

不过,不久之后他们再一次深深体会到,火魔肆虐过后所残留的伤口究竟有多么严重，这根本就不是区区 500 万可以抹平的。当他们认识到这一状况时,已然又过去了 10 天。中介所打来电话劝说他们,建议千次长将价格降到令人怦然心动的位置。

当千次长问到大概要降多少才能令人怦然心动时,中介所的建议是再降 500 万。如果加上此前降下的 500 万,等于是将房价降低了 1000 万! 千东基次长无论如何也无法理解，中介所究竟通过怎样的心理分析及地产评估得出这一价位的。

因此,千次长对降价 1000 万的建议气得跳脚也是理所当然的,拒绝这一建议自然顺理成章。我又不是从事慈善事业的,如果说希望卖掉房子就要遭受如此大的损失，那还不如不卖!我就一直生活在这里,直至成为旧房子中的鬼……

妻子也认为 1000 万的数额实在太庞大了。不过,入住新房的日期很快便只剩下了 1 个月。即使运气好,现在就将旧房卖出，也无法保证能如期交付新房余款。他们很有可能要推迟入住新房的日期。

推迟入住日期？绝对不行！入住新房可以说是一家人通过十年努力，不辞辛劳才获得的成果，也可以说是对一家人努力的一种回报。这是绝对不可以推迟的！一定要如期入住新房！即使丢弃 1000 万也在所不惜！

虽然妻子抱有如此想法，可是想使激动之中的千次长镇定下来，绝非易事。而想要将其说服，则更是难上加难。足足半个月后，千次长才表示屈服。他之所以如此，并不是因为妻子的攻势太过凌厉并延绵不绝，而是因为距入住日期只剩下了半个月时间。

1000 万的降价政策很快便产生了效果，新一轮游客又重新找到这里。虽然说便宜没好货，但是由于差价足以弥补质量上的不足，因此犹豫、踌躇、徘徊的人依然很多。

“即使以秒来计算也一定要赶上入住日期”，这便是千次长一家的想法。抱着一线希望复出的样品房主人终究还是遗憾而归。也许样品房就是样品房，虽然顾客们临走时都会说“哇，好便宜”、“回去后再与您联系”，但千次长却从未接到过他们的电话。

半个月以后，情况依然没有好转。在品评与购买之间徘徊，在先后听闻火灾消息与大幅降价之间犹豫，人们最终依旧选择了断绝联系。

火魔肆虐后残留的伤口似乎过于严重,甚至连 1000 万也无法弥补。是故,样品房的主人也为自己此前竟然想以均价卖出,而感到惭愧不已。

原定入住日期那天,倘若一切顺利,千次长一家此时必然喜气洋洋。可是现实却异常残酷,因此千次长只能冷着脸,用低沉的声音说道:

"今天申请全税租出。"

千次长举起了白旗,选择全税租出新房,继续住在旧房子里,而并非是推迟入住日期。也就是他将仅剩的一线希望也给剪掉了。出门时,他听到了并未患感冒的妻子擦鼻涕的声音。

苦涩、郁闷、劳累、气愤的生活如此持续了几日。在原定入住日期过后的第五天,千东基次长意外地收到了妻子发来的短信。

"房子终于可以卖出去了。三天前来看房的人要与我们签合同。"

仿佛现场直播时收到即时字幕消息一般,千东基次长的心瞬间沸腾了。房子终于可以卖出去了,我们终于可以搬进新居了!千次长立即往家中打电话。难道这么快便跑去中介了?家中并没有人接电话。

千东基次长决定全税租出新房那天,妻子并没有与中介取得联系，而是在网上发布了急售廉价房的广告，借此表明自己不能放弃入住新房的意志。

翌日晚，一对年轻夫妇读过那则广告后便前来看房。这已然是三天以前发生的事情了。当时，那位年轻女人带着胖如蟾蜍般的丈夫，仔仔细细地察看房子的格局，甚至连阳台、洗手间、灶台也未曾漏过。此时，千东基次长的眼前依稀浮现出那位年轻女人的模样。

虽然记忆中的形象较为模糊，但是因为她准备购买在以往三个月中，无论怎样折腾也未能卖出的旧居，千次长对她依然感激万分。因此，他真心希望这对夫妇可以将旧房当作新房，共同幸福地生活下去。

随后，千次长便开始憧憬即将与妻女一同入住新房的情景。不过，他渐渐发觉这是件极难想象的事情。在他的脑海中，新房犹如曝光的胶片一般模糊不堪，但是却又异常地洁白。

又不是生活在天国中，怎么会如此洁白呢！千次长不得不感慨自己的想象力实在过于匮乏。不过，匮乏也不错，千次长怀着这种心情踏上他的炫耀之途。他所选的首位炫耀对象是高课长。这也是因为千次长希望能够得到心中师父的承认。

不过下班以后，当千次长走进面包店时却失望地发现高课长并不在那里。似乎正式开展加盟经营业务以后，高课长便一直十分繁忙。据店内人讲述，因为新近有人申请加盟，因此高课长前往了该处。无奈之下，千次长也只能决定下次再来炫耀一番。

不过话说回来，即使未能亲耳听到，但是千次长也能够想象出高课长的反应。你就当作得到了“老年生活”的保障吧！如此说来，旧房子就是“保障老年生活”的前沿阵地了？嘿嘿！

千次长离开面包店，喜滋滋地朝前沿阵地走去。不过迎接他的却是一支伏兵。前言阵地怎么会有伏兵？原本千次长认为，接下来只需与那对蟾蜍夫妇签订合同，再盖一个戳就可以了，但是听妻子说，这还没有结束。蟾蜍夫妇又提出了一些附加要求，就是将洗手间的瓷砖与水池，以及壁纸、地板全部换成新的，如此才可以签合同。

忽然间，千次长感觉自己极不容易地爬过一座山，前方却又出现一座山峰挡住了去路。他大致计算了一下，发现至少也需要花费 300 万元。降价 1000 万还不够，竟然还要求再降下 300 万？简直疯了！难道这样也要卖掉房子吗？千次长的大脑中又开始了天人交战。狗屁前沿阵地！我还是将这里当作真正的阵地，继续待着吧！

不过，妻子的想法却与此不同。此时的住所不仅在整体建筑上颇显老旧，而且随时有可能发生诸如上次火灾一般的糟糕状况。而且无论怎样盘算，旧房房价最多只会维持现状，甚至有可能还会降低，但绝不会再升高了。因此，趁有人愿意购买，赶快出手，然后举家搬入新居，这绝对是最好的选择，对于家人的未来也最为有利。

虽然大脑中的天人交战尚未结束，但妻子的想法确实颇具道理。最终，千东基次长装出一副执拗不过的模样，决定遵从妻子意见。妻子立即向某地打了一通电话，并在翌日给丈夫发来短信“已经签订了，是 1 亿 1200 万的合约”。

当晚，千次长所要进行的重要课题便是清点财产。其实，清点他与妻子共同努力赚来的资金，并非什么令人奇怪的事情，而且这也不是第一次了。不过，因为在今天签订了售房合约，可以说这一天颇具历史意义，因此千次长的心情也显得格外激动。

清点资金花费的时间并不长，他们犹如一位老兵示范怎样拆卸和组装枪支一般，麻利地完成了此事。如若谈及区别之处，那也只是每次拆卸与组装时，部件数量在不断增加而已，由手枪变为机关枪，由机关枪再变为迫击炮，再由迫击炮变作高射炮。

如果将购买的基金、堵老鼠洞战略、变卖轿车所得，贷款利息的减少部分，妻子工资等全部加在一起，资金总额为 1 亿 714 万元。至于变额寿险，因为他们一直未曾中途停止或取出过，另加上年均 9%的收益率，目前也已达到了 5280 万元。此外，将因升职而增加的薪水存起来也有 3200 万元。当然，尚有支出部分需要计算。将生活费与其他主要支出加起来，也达5408万之多。

倘若再加上卖房所得的1亿1200万，他们的净资产已经达到了2亿4986万元。这是将前8年的资金增加部分（1348万、2026万、2514万、3998万）与最近两年的收获1亿5100万相加得出的数字。

10年前，刚刚开始接受人生规划时，他们的净资产为4000万。正是这些钱在10年以后变成了2亿4986万，足足增加了6倍之多。

千次长仿佛又一次想起自己10年前为如何管理那4000万而苦恼的情形。其实我也不赖啊，也可以称之为是一位成功人士呢。当他思及当初尹以贞提出帮助自己，并承诺会使他为自己的人生感到自豪一事时，不禁对尹协调员油然升起一腔谢意，正是她每间隔两年便为自己家进行一次财务检查。

不过，在感谢尹以贞之前，千次长首先还要感谢一个人，那便是身旁正拿着计算器不断盘算的妻子。因为是爱妻，同时也因为她值得称赞与疼爱，千次长紧紧握住秋长美的双手。倘若没有这双手的支持，他简直无法想象自己怎样才能将这10年坚持下来。

因为千次长错误地给人担保而不得不中途取出零存整取的存款、从银行贷款，甚至连车都要卖掉；炒股票的时候白白扔进700万；被房地产诈骗犯骗走1000万，而且还是主动送上门去的……为了改造这样的丈夫，妻子秋长美的双手变得干枯、布满了岁月留下的痕迹。对着这样一双手，千次长为自己的手而感到无比的羞愧。因为太过羞愧，他都恨不得把自己的手挤进妻子的双手里隐藏起来。

在心情羞愧的时候，他似乎还说了一番辛苦你了、谢谢你、对不起、爱你等话。也不知道是不是被这些甜言蜜语所感动，或者是错误地把丈夫拼命挤进自己双手里的动作看成是亲密接触的表现，反正妻子的双眼都湿了起来，随即就轻轻闭上了。

“妈，我做完作业了！”

就在千东基次长和秋长美女士即将上演感情戏中经常出现的场面时，女儿的声音突兀地插了进来，并很快就让他们不好意思地转过了身去。也是，这种事怎么可能发生在我们身上呢……真儿轻巧地跳到了父母的身旁，然后就指着白纸上画着圆圈的数字发起了提问：

“这是什么？”

圆圈里是“2亿4986”。

“嗯，那是爸爸和妈妈到现在为止赚到的钱！”

“2亿4986元？”

“不是，是2亿4986万元！”

“哇！我们家是富豪哦！”

真儿的声音立即提高了八度，身体也蹦了起来。因为从小就接受了经济教育，因此她可以比较正确地衡量出 2 亿 4986 万元的价值。是因为这个原因吗？她提出了一个仿佛理所当然，又仿佛是内心渴望着的问题：

“这些钱，最后是不是都要给我？”

“不可以！”

几乎反射性的，这句话从千次长嘴里冲口而出。本来倚在他背后的真儿明显地哆嗦了一下。可能妻子也觉得丈夫的反应太大了，孩子也只是说说而已，因此也用惊讶的目光看着他。

千次长干咳了两声。虽然明知道此时开玩笑地说“当然不行了，现在就要给你”就可以轻易转换尴尬的气氛，对身心也大有好处，但他依然表露出“该明确的就要明确”的姿态：

“这些钱，是爸爸妈妈老了以后要花的钱。我们不正无偿地给你吃、给你穿、给你住，还教导你吗？因此，如果你长大后还需要钱的话，就要靠自己的力量去赚钱。那才是真正属于你的钱！妈妈和爸爸也不能用属于你的钱，就像你现在不能花这些钱一样！听懂爸爸的话了吗？”

“嗯！”

真儿恭敬地答道。也正因为从小接受了经济教育，因此她也能比较轻易地接受千代理的这种观念，即父母和子女的钱也要明确区分使用。不过毕竟年龄摆在这里，希望她全盘接受这种观点明显是苛刻的要求。

“那，妈妈和爸爸给我吃、给我穿、给我住和教导我到什么时候呢？”

那当然是……如果说真心话，那当然是一辈子了。如果可以的话，我们还想让你不要出嫁，一直陪伴在我们身边，而我们肯定也一直都给你饭吃、给你衣服穿、提供房子给你睡和教导你。

不过，女儿啊！就像我们必须离开这心爱的旧房子，搬到新家一样，你总有一天也会离开我们这个家庭的。那虽然是让人悲伤的事情，但也是应高高兴兴地去接受的事情。

时间总是在流逝，而在它面前任何事物都不可避免地在发生变化。在过去的10年中，你从一个还没断奶的婴儿蜕变成了一个亭亭玉立的小淑女，而在接下来的10年里，你必将会变成真正的淑女。

当然，爸爸和妈妈肯定也会逐渐变老，并最终变成老太婆和老头子。到那个时候，你也会生下可爱的宝宝们，让我们看看可爱的孙子和孙女。爸爸和妈妈也很是期待那一天的到来。

不过，孩子！离抱上孙子和孙女，现在还有很多时间。就像在过去10年里我们三人幸福地共同生活一样，在接下来的10年，20年里，我们三个人也会幸福而认真地生活在一起。因此，

10年后我们要为我们的家庭喊万岁！再10年后我们也要为家庭喊万万岁！然后再10年后，我们依然要为这个家庭喊万万万岁！

难道是说了太多的万岁？真儿为一直保持沉默的爸爸代答道：

“知道了，到了那时候我就不会跟爸爸妈妈要钱，所以你们要长时间地供我吃穿、供我住，还要教导我，知道了吗？”

千东基次长的心微颤了一下，妻子也一样吧……在这一瞬间，真儿看穿了父母两人的心，道出了他们的心声。看起来似乎经济方面的教育太过了啊？啧！

不过，他们也不能把已经教育好的东西重新收回来，因此他们只好对着聪慧的孩子哈哈、呵呵地傻笑。很快，孩子也随他们笑了起来，哈哈、呵呵、嘿嘿！

虽然充满欢快，但是却极不协调的音律逐渐在房间中蔓延开来，终于令这仅仅60平方米的空间为笑声所主宰。在这充满笑声的世界中，千东基次长、妻子秋长美以及真儿的身体仿佛全部漂浮起来，犹如鱼儿一般在充满笑声的波浪中畅游。

用爱互相吸引的蝶泳、凭借信赖不断前进的仰泳、通往希望的蛙泳……他们幸福地在笑声中游来游去，笑声越发响亮、悦耳，仿佛会持续10年、100年……